決定版　母に歌う子守唄　介護、そして見送ったあとに

再びの「まえがき」

かつて
母に　子守唄を　歌ってもらった幼い子どもが
いま　母に　子守唄を歌う
「子守唄」とは
そのひとが
あるがままの　そのひと自身でいられる
時空のことである

このまえがきで始まる『母に歌う子守唄　わたしの介護日誌』が単行本として刊行されたのは二〇〇四年だった（文庫版は二〇〇七年）。あれから十三年。わたしの中にはいまもって解けない疑問や反省、悔いや自己嫌悪に似た感情が存在し続けている。

そのひとつは、介護される母を、あまりにも「される側」に固定してこなかったか、という疑問である。娘のわたしは、あくまでも介護「する人」であり、「見る人」であり「語る人」であり、「書く人」であった。母自身は「見られる人」であり、「語られる人」であり、「書かれる人」であり、その他の役割、自分を生きる主体としての存在は稀薄だ。

発症中期から言葉のほとんどを失ってしまった彼女ではあったが、介護「される人」という役割以外に、あるいはその狭間に、別の何かがあったのではないか……。多くの介護についての本が出版され、当事者からの声も少なからず紹介されているいま、介護「する人」からの発信にどれほどの意味があるだろう。わたしにはわからない。そんな思いから、わたし自身があの日々、およそ七年間をもう一度辿(たど)りたくなった。お母さん。あなたは単なる介護「される人」だけではなかったよね？　あなたの存在が、「する人」にとってどれほど大きなものだったか。それを私は探ってみたい。

本書の後半は、見送ったあとの日々について書いたものだ。

あと何度……　　2002年

梅雨空の日曜日。正午を少し回った。

「もうすぐ始まるからね」。居間のいつもの指定席におさまった母に、娘は諭すような口調で告げる。

高齢者と向かい合ったとき、多くの人はなぜ小さな子どもに対するような口調になるのだろう。妙に舌足らずで甘い、けれどどこか諭すような。人生の体験を重ねた大人に失礼ではないか。わたしがそうされたら、屈辱を覚えるだろうと思っていたのに、時折自分がその口調になっていて、自己嫌悪におちいる。

けれど、自己嫌悪は長くは続かない。

「トイレ」「お水」、また「トイレ」。急を要する仕事を母は次々に用意してくれていて、娘を束の間の自己嫌悪から掬いあげてくれるのだ。

「原因」が「結果」を救ってくれる……。その事実が、わたしを笑わせ、そして悲しま

せる。

子どもの負担になることは決してしない。厳しすぎるほど厳しく自分を律してきた母である。記憶が薄い膜で覆われるようになったいまでも、彼女はこうして娘の負担を軽くしてくれているのだろうか。

間もなく母の好きな、正確には好きだった『NHKのど自慢』が始まる。六〇年代のアメリカンポップスで育った娘には、少々照れくさくもある番組だ。しかし、最近では娘のほうが心待ちにしている。

あと何度、母とともに日曜を迎え、あと何度母と一緒に『のど自慢』を観ることができるだろう。そんな思いがいつもある。そう。「あと何度」、が母を巡るすべての事柄の出発点にある。

もっとも最近の彼女は、テレビに顔を向けてはいても観てはいない。「ここ」にいながら、「ここ」ではない「どこか」に彼女の意識は飛んでいる。

今日も番組には母より年上のひとが登場するだろう。そうして見事なのどを披露し、司会者と矍鑠とした口調で会話を交わすに違いない。それを観て、わたしはいつもの問いにとらわれるはずだ。なぜ？　どうして？　母とわたしの会話の回路は閉ざされてしまったのか、と。

多発性脳梗塞、パーキンソン病、一方の腎臓の機能不全。腰に穴を開けてカテーテルを通し、その先に尿が溜まるパックをつけた「腎ろう」の施術……。医師から告げられた病名とその症状の説明だけでは、手当たり次第に読んだ何十冊もの医学書に記された文字だけでは、どうにも納得できないそれらの「なぜ？」。

それでも番組が始まると、わたしは母の手に自分の掌を重ね、歌に合わせリズムをとる。遠い昔、カスタネットのリズムをとれなかった幼いわたしに母がそうしてくれたように。

午前三時のマヨネーズ

午前三時五分。トイレからベッドに戻ったばかりの母が突然に言った。

「マヨネーズ、もってきて」。マヨネーズ？　この時間に？　何のために？

このところ、単語そのものの記憶の回路にも目詰まりを起こしつつある母である。わたしには、彼女の言うマヨネーズがマヨネーズ以外の何かであることだけしかわからない。

それでもわたしはキッチンに急ぐ。十五分置きにトイレに行きたがる彼女に、「いま、行ってきたばかりじゃない！」と少々きつい口調で対応してしまった後ろめたさが、心にまだ尾を引いている。

冷蔵庫の扉を勢いよく開けた途端、ドアの角に額をぶつけた。痛い！　こんな些細なことで涙ほろりとなる夜もあるのだが、まだ大丈夫、まだいけると頷いて、マヨネーズのチューブを握って母の寝室に取って返す。

ベージュピンクの枕に収まった彼女は、どこか遠いところにある大事な何かを探しているような眼差しをしている。

「はい、マヨネーズよ、お母さん」

「それじゃあ、ないの。トイレに行くときにはいていくマヨネーズ」

次第に彼女が焦れた口調になるのがわかる。

どうやら今夜の母は、室内履きとマヨネーズを取り違えてしまっているようだ。ベッドの斜め下に置いた母の白いそれを摘んで見せると、ようやく安心したように頷いた。

七十九歳の母は自分の「いま」をどう受け止めているのだろう。要介護度5、の現実を。

「も少し眠ろう、お母さん」

母が元気だった頃、短い会話にこんなにも頻繁に「お母さん」という呼びかけをわたしはしたことがあっただろうか。何度も「お母さん」と呼ぶことで、母であること、それ以前に自分自身であることから急速に遠ざかろうとしている彼女を、わたしは「こっち側」に必死で繋ぎとめようとしているのかもしれない。

すでに寝息をたてはじめた母の顔を見ながら、いましがた彼女にかけた言葉を今度は自分に贈ってやる。

「も少し眠ろう」

そうだ、その前にマヨネーズを冷蔵庫に戻さなくては。

P・S　この頃（二〇〇二年）の母は、わたしの首や肩に両腕で摑（つか）まって、わたしがあとずさることで彼女は前に進むという歩き方をしていた。深夜のトイレも当然、そういった歩き方で通っていた。

〃への字〃口

休日の午後。母と音楽を聴いていた。彼女の好きなタンゴである。香り高い紅茶と美味しい栗のお菓子を前にして。

そろそろトイレの時間だ。この曲が終わったら、と思っていたのだが……。間に合わなかった！

指先が白くなるほど母は椅子の両脇を摑んでいる。口も〃への字〃になっている。

あ、これは、と気づいたときにはすでにリビングルームの椅子の上で排泄をすましたあとだった。そのことを知られたくないという意識はあるに違いない。だから口がへの字になっていたのだろう。

タンゴ『蒼空』をＢＧＭにわたしの格闘が始まる。椅子から立とうとしない彼女をなんとか納得させてトイレに辿りつくまで二十分。ようやくトイレに辿りつけば、ｏｈ！彼女の下半身は黄金の物体で覆われ、前に回ってしまっている。食事中の方がおられた

ら申し訳ない。けれど、介護とはこういったことの連続だ。

排泄に関わることは誰かに任せて、やさしく手を握り、穏やかな口調で昔話などを分かち合えたら、どんなに心やすらかか。現実はしかし、そうはいかない。

女性の場合は特にこんなとき、黴菌(ばいきん)が入りやすい。膀胱炎(ぼうこうえん)になったら大変だ。

「お母さん、シャワーを浴びようよ」

母はなによりも不本意なのだろう。今度はトイレの両脇にあるバーをしっかり摑んで離さない。動きたくない、というサインだろう。

シャワーを浴びるのを納得するまで十五分。トイレからバスルームに行くまで十分。わが家はこんなに広かったか？　目的地が遠いこと、遠いこと。風呂場の介護用の椅子に洗いやすい姿勢で座ってもらうまでさらに十分。それからようやく、当初の目的にかかる。

ずぶ濡れのわたしはへとへとである。

それでもベッドに落ち着いて、への字の口が柔らかな微笑に変わった母を見ていて、不意に思い出した。

「恵子ってね、子どもの頃、おもらしをすると、椅子にへばりついて立とうとしなかったのよ。口をへの字にして」

元気だった頃の母の昔話である。なあんだ、おあいこじゃん！　さ、仕事をしよう。この状況では、恋愛小説はなかなか書けないが、それがどうした！　と鼻息荒くパソコンの前に座る。

球根を食べる

小さな指が、指差した先にあるものについて訊く。縁側の陽だまり、ごろりと転がっているお芋のような一団についてである。

「球根。土に植えると、来年の春には花が咲く。一緒に植えようね」

そう教えてくれたひとが、球根をひとつずつ掌に載せて説明をし始める。ごつごつした働き者の手であった。

「これはチューリップ。こっちはヒヤシンス。ほら、球根の皮のようなものが紫のは、花もたぶん紫よ。この可愛い球根はクロッカス」

五十年以上も昔の、小春日和の記憶である。

あの日、質問をした小さな手はいま五十七歳になり、答えてくれた大きな掌は七十九歳になって、同じような会話をいま交わしている。キッチンテーブルの上に広がった球根を前にしているのも、あの日と同じだ。違うのは、質問する側と答える側が入れ替わ

っていることだけ……。質問する側は言葉を発することなく、けれど、テーブルの上の球根をしっかりと見つめている。それから、ゆっくりと指差した。

花好きだった母の日常から花の名前がすべて抜け落ちて一年以上がたつ。これも症状のひとつなのだろう。自分では真っ直ぐに指差しているつもりなのだろうが、彼女の人差し指の先は微妙にずれて、テーブルの向こうの椅子に向けられている。このずれが、彼女の「いま」を映している。

働き者の手も哀しいほど細く透き通り、日常生活からの「卒業」を物語っているようだ。五十年以上も前のあの日、母がそうしたように、娘は球根をひとつずつ掌に載せて説明し始める。

「これはヒヤシンス、こっちはクロッカス。これ、知っている？　ムスカリ。葡萄を逆さにしたような小さな紫の花をつけるのよ」

あの日、小さな娘は母の説明に全身で耳を傾け、目を輝かせていたはず。その彼女を「こっち側」に呼び戻したいという思いをこめて、娘は母の掌に球根を握らせる。と、突然、彼女は球根を口に入れて食べようとする。

「お母さん！　食べるものじゃないでしょ」

自分の声に非難と叱責の響きがあることに気づいて、娘はその場にしゃがみ込みたく

なる。

あの日と同じ、小春日和の午後。

母のベッドがある部屋のベランダに、わたしは少々意地になって季節ごとの花を咲かせている。車椅子でも、介護用のベッドの背もたれをアップして、ベランダ側に母の体位を少し変えれば、すぐ目に入るように。

しかし、花に一瞬止まったかのように見えた母の視線は、すぐ他のどこか、わたしが知らない未知の時空に飛んでいってしまうようだ。

「される側」のプライバシー

2003年

二〇〇三年、新しい年が始まった。

ミュンヒハウゼン。見慣れない文字が深夜のパソコンの画面に浮かんだ。長年の女友だちからのメールに記された言葉である。

……別名「ほら吹き男爵症候群」といって、ひとの注意や関心を自分に向けさせるために、一種の仮病や誇張を使う状態にあるひと、のことをいうのですが、義母がそうなのです……。介護する義母の「現在」を、彼女はそう記している。

ひとつの言葉を発見し、その言葉を鍵に未知の扉を開け、いまだかつて入ったことのない靄(もや)の立ち込める小部屋にそっと足を踏み入れる……。こうして家族は、目の前にいるいとしいひとの「老いのいま」を必死に理解しようとし、そのひとの「あるがまま」を丸ごと受け入れようとする。介護の毎日は、そこから始まり、そこに終わる。

こうしてメールやファックスをやりとりし、互いの情報と状況を開示し合い、分かち

合うことを、積極的に取り入れようとするひとが増えてきた。

母が祖母を介護した頃は独りで抱え込み、結果的には介護される側も追い詰められていった場合が少なくなかったはずだ。

こうして介護について書くことも、わたしには情報開示であり、自身のセラピーにもなっている。老いや介護を巡る個人的な体験をなんとか普遍化したいという、少々大上段に振りかぶった思いもあるが、表現することで、日々、自分の中に降り積もっていく焦燥と疲労のガス抜きをしているのも事実だ。

しかし、介護「される側」であり、「書かれる側」の母にとってはどうなのだろう。「お母さん。書かれることを、あなたは望んでいる？」。普段は、書く側と書かれる側、報道する側とされる側の関係においては、まずは「される側」の拒否権も含めた意思を、何よりもプライバシーを、と考えてきたわたしなのだが。

誰がリビングルームでおもらしをしたことを公表されたいと思うだろう。ということは、わたしは彼女のプライバシーを許可なくして侵害していることになる。

お母さん、これでいいの？

この、答えの出ない問いを今夜のわたしは特にもて余している。

そうだ、このユウウツは、こじらせた風邪のせいにしてしまおう。どんなに悩んでも

どうにもならないことは、毛布にくるんで押し入れの奥に放り込んでしまうしかない夜もある。煮詰まったら続けてはいけない。

すべてを風邪のせいにして、今夜は久しぶりに母の傍らではなく、自分のベッドで眠る。溜まりに溜まった仕事については、明日の朝までは忘れた！　である。

戻った言葉

「えっ?」と言ったきり、そのあとの言葉が出てこなかった。

叔母とわたしは顔を見合わせて、その場で固まっていた。それから叔母が笑い出し、わたしも笑っていた。

いましがた、母は言った。確かに言ったのだ。

「迷惑……、すまないねえ」

ほとんどすべての単語を忘れてしまった母なのに、僅かではあるが「単語」が戻ってきたような。弾んだ気持ちを書きながらも一方では、自分に言い聞かせる。あまり期待してはいけない、たぶん一時的なものに違いない、と。ほっとした次の瞬間、どーんと落ち込む。昨日の続きが今日にはならないのが、母の現実である。

期待が大きければ大きいほど、期待通りにいかなかったときの落胆と失望は大きく深い。その繰り返しの中で、わたしは、回復への期待を過小にとどめおく術(すべ)を覚えてしま

っていた。わたしのために、そして母のためにも感情を平らにしておくことが必要であるから。

けれどいま、母は言った。ゆっくりと、くぐもったそれではあったけれど、「迷惑……、すまないねえ」と。本当は「迷惑かけて、すまないねえ」のつもりなのだろうが。笑っていた叔母の目にうっすらと涙が浮かぶ。

四人姉妹の末妹の彼女を、母はいつも気にかけていた。その分、叔母も長姉への思いが深く、いまも車椅子に座った母に膝かけをかけるかどうかで（些細なことなのだが）、叔母とわたしは少々揉めたのだ。彼女は少し耳が遠く、それを知っているわたしはいつもより大きな声になり、それが母にはおおごとに響いたのかもしれない。

叔母も若く、わたしもさらに若かった頃、これまた些細なことでぶつかったことがあった。遠い日々の、そんな記憶も母を刺激したのかもしれない。

「お姉さんの言葉が戻った！」。盛大に嬉し涙を流す叔母を見ながら、わたしは大急ぎでサンダルをつっかける。そうだ、まだ来ていない明日の憂いの予感のために、いまこの瞬間の喜びを取り逃がしてなるもんか。花を買ってこよう。母と、涙と鼻水でぐしゃぐしゃ顔になった叔母にも。

軽くて重い

介護の日々が始まってから、わたしの読書傾向に微妙な変化が起きつつある。

以前は、ひとりの作家の作品を初期から年代を追って読み通すというような本とのつきあいかたが多かったが、最近では摘み食い風な読書がやたら増えている。シリーズで揃えた分厚い本も、開かれないまま整然と書棚に並んでいる。理由は簡単。仰向けに寝て開くには、重すぎるからだ。

一日の仕事が終わった、シャワーも浴びた。さあて、わが至福のとき到来、とばかりに飲み物と本を手に年代ものの読書机に向かう……。以前はこのパターンだったが、ここ数年の夜半の読書は、母の部屋の、彼女のベッドの傍らで、である。たとえ熟睡していても、独りにしておくのは不安だ。従って母のベッドの横にセットした簡易ベッドに横になって本を開く。そこで仰向けになって読んでいると、うつらうつらの眠りの縁、顔面に分厚い本が落下してくる。落下物注意の日々である。そんなこんなで、わたしの

読書傾向は微妙に変わりつつあるのだが、最近出会った本の一冊に、経済評論家の内橋克人さんの『もうひとつの日本は可能だ』（光文社）がある。ご専門の経済から、この混迷する時代を検証した著書であるが、読んでいて何度も胸が熱くなった。

……いま、私たちを襲っている最大の無力感は、「今日に明日を継いで、真っ当な努力を積み重ねていけば、社会は良くなる、明るくなる、安心できる社会に近づく」と信じて営々と努力を重ねてきたそのことが、逆にそうではない社会を引き寄せる牽引力になってしまった、そういう歴史の事実を思い知らされたという究極の皮肉に発しているのです。（略）とりわけ、それは、戦後、焼け野原から立ち上がってきた世代の人びとを強く襲っている無力感だと思います……。

母もまた「焼け野原から立ち上がってきた」世代のひとりである。そういった世代が今夜見る夢がせめて、不安から無縁であるように祈るだけしかできないのか。いや、だからこそ内橋さんが記しておられるように、「火の見櫓（やぐら）」に留まり、警鐘を鳴らし、異議申し立てをし続けなければならない。

小さなお祭り

クリスマスリースを作った。

「お母様へ」と友人が雑木林で拾い集めて送ってくれた藤蔓や松ボックリ、カラスウリなどで。大きなリースは玄関に、小さなものは母の部屋に飾った。去年同様、クリスマスツリーも完成した。

小さな子どもがいるわけではないのに、母が倒れてから、わが家のクリスマスの準備は年々エスカレートしている。年単位、月単位、週単位で、なにかしら「ちょっと心躍るイベント」を敢えて組み入れる。母の状態についての失望や落胆やらの負の感情を、医療や介護の現実に対する悔いや苛立ちを、小さな「お祭り」でバランスをとるために。そんな思いが、わたしをクリスマスに搔き立てる。

昨夜は結局、徹夜でツリーに飾りつけをしてしまった。年末年始の休みに向けて、いつもより多めに原稿を書き溜めしておかなければならないというのに、カーテンの向こ

うから仄白い光が差し込むまで、せっせせっせである。時折、母の部屋を覗くと、母は軽い鼾をかいて熟睡している。熟睡はいいのだけど、鼾が何か悪いことの前兆ではないかとまた不安になる。

二年前の十二月には、昼夜逆転気味だった母と真夜中、一緒にツリーの飾りつけをした。ガラス細工の小さなボールやトナカイ一個をツリーにぶら下げるだけで、母は十分も十五分もかかった。そしていま、母はますます「眠る人」に近づいている。オムツも必需品になったし、食事はすべてすりつぶしたものだ。ふっと洩れそうになった溜息に慌てて蓋をして、思い直す。とにかく今年のクリスマスも、彼女は「ここにいてくれる」はず。それ以上のどんなプレゼントを望むというのか。

明け方、ぽっかりと目を開けた彼女に完成したツリーとリースを披露し、囁きかける。

「今日は出かけなくちゃ。夜には帰ってくるから、待ってて。行ってくるね」

母は可愛く囁き返して言った。

「ここに、いて、ほしい、感じ」

ここ数日、言葉がまた少し戻ってきたような。それにしても、「いてほしい感じ」なんて、泣かせるなあ。一日に一回、こんな贈りものがあれば、まだやれる！　まだまだやれる！

仕事はじめの月曜日

午前五時五十分。

「今日は何曜日?」。眠りから浮上した母が、ベッドの上に屈み込むようにして覗き込んでいたわたしに訊いた。

赤ちゃんのように濁りのない澄んだ目をしている。この世にある通俗的な欲望はすべて卒業しました、といった感じの眼差しだ。

「今日は月曜日」

曜日はもとより何月かということも季節も、母の中から消えてずいぶんになる。それが急に曜日のことを言い出したのだ。夢を見ていたのかもしれない。

「月曜日は、仕事」。母がまた呟く。

彼女のように記憶の回路に目詰まりを起こしてしまったひとが見る夢は、そうでないひとの夢とどこか違うのだろうか? 夢の中では、回路に気持ちのいい風の通り道がで

きるのだろうか。それがわたしには、焦れったくもわからない。

今日が月曜日だと知って仕事と結びつけた母がいま、ここにいる。働きづめの人生だった。「自立」や自己表現などという概念が、女性の人生を語るキーワードにはなり得なかった時代から、ずっと働き続けた彼女である。月曜日の朝は彼女にとって、決して容易ではない労働が待つ一週間の始まりを意味していたに違いない。そして、週の半ばも過ぎて、木曜日とか金曜日になると、ほっと一息ついたのだろう。「月曜日」などと言わずに、今日は金曜日と答えればよかった。そう答えても、彼女にはわからないはず、とも思うが、そういった優しいごまかしがわたしにはできない。

「月曜日だけど、お母さんはゆっくりしていていいんだよ。だって、ずっと働いてきたんだもの」。母の額に頬をつけるようにしてそう囁くと、彼女はゆっくりと微笑む。

この穏やかな時間が一分でも長く続けばいいと思いながら、わたしは一方の手でスケジュールノートのページを開いて、今週の予定を再確認する。掛け値なしの、母とふたりだけの時空がうんざりするほど欲しいと望みながら、今週も夜遅くに帰宅する日々が続く。

朝の大気を啄むような鳥の声が聴こえる。「これでいいのか?」という声を心に聞きながら、わたしは母の朝食の用意と外出の支度を並行して急ぐ、急ぐ。

医療の力学

わたしはいま、憤(いきどお)っている（いつものこと、だと言わないでほしい）。
わたしはいま、悲しんでいる（いつものこと、だと言わないでほしい）。
わたしはいま、やくざじゃないけれど、どのように落とし前をつけてやろうか考えている（いつものこと、だと言わないでほしい）。

二〇〇二年十一月から十二月の頭にかけて、母は短期の入院をした。以前にも半年近く入院したことがある。

今回の入院で、新たにアルツハイマー病という病名が彼女の日常に加わった。余りにも急速な彼女の記憶の減退をはじめとする生活の質そのものの低下に日々接して、診断されたパーキンソン病と軽度の多発性脳梗塞(こうそく)という病名に徐々に疑問を抱くようになった。そこで、新しい薬が加わることによる副作用をチェックする今回の入院に際して、わたしからアルツハイマー病の検査を依頼した。

無念なことに検査結果は、

「アルツハイマー病に効果があると言われている薬は発症初期から中期ぐらいにしか効果をあまり期待できません。お母様の場合、その時期を過ぎています。残念ながら手遅れです」

もしわたしが何も言わなければ、彼女にアルツハイマー病があることすらわからず、時は過ぎていったのか……。パーキンソン病とアルツハイマー病の初期の症状に共通するものがあることは知っている。しかし三年の通院（その間に半年近くの入院）の間に、アルツハイマー病の可能性をまったく考えられなかったのだろうか。

今回、アルツハイマー病の検査をしたほうがいい、一日も早く、とわたしにアドバイスをしてくれたのは、サード・オピニオンを求めた別の病院の医師だった。

「薬はある時期を過ぎてしまうとあまり期待できないから、すぐに検査をしたほうがいいですよ」

検査名も彼から教えてもらった。

多くの場合、医師を前にすると、残念ながら身構えるわたしがいる。人権問題、ジェンダー問題に取り組んできた人間の、ある種の、実に困った反射神経とも言えるだろう。

こちらは患者か、患者の家族として彼らや彼女らと向かい合う。哀しいことに、無念

なことに、医師をはじめとして医療の現場にいるひとの中には、無意識のうちに「力学」を自分の中に迎え入れている人も少なくない。

医師を前にしてわたしが身構えてしまうのは、多くの医師がそういった力学的構造の中で育ち、その構造を検証することなく、その構造の中で生き続ける自分に慣れてしまっているのではないか、と思うことがままあるからだ。

むろん素晴らしい医師や看護師も少なからずいらっしゃる、彼らや彼女たちは専門家である前に、ひとりの人間として苦悩し、壁にぶつかり、絶えず自分に問いかけている、これでいいのか、患者にとってこれは最善の方法なのか、と。彼らがまっとうな暮らしを放棄せざるを得ないほど、時間的余裕のない日々を送っているのも知っているし、わたしたちとはまた別の強いストレスを抱えていることも、知っている。それはそれで大きな問題ではある。が、そのツケが医師自身は無意識であろうと患者の側にまわるとしたら、それも問題だ。

発病というただでさえ大変な状況の中で、わたしたち患者やその家族は医師の人間的な資質を注意深く見極め、選別、決定をしなければならないのだろうか。このひとは、力学から抜け出ているか、あるいは抜け出そうとしているか、慣れてしまっているか、を。それだけで容易ではないエネルギーを要することだ。

二度目に入院した病棟で母の直接の担当をしたのは、レジデントだった。研修医である。その彼が、サード・オピニオンを求めた別の病院の医師に向けて記した母の病状についての報告書を見て、二重にショックを受けた。出身地から、母の両親（わたしの祖父母）の死亡原因、母自身の病歴など、ほとんどが間違っていたからだ。

レジデントは、説明を求めると、いつもなぜか英語の文献からのコピーをわたしに渡す。専門的な英語の文章をどう読めというのだろう。高齢の患者やその家族が英語の文献を渡されて、読めると思っているのだろうか。なぜ、そうしたのかについては、わたしなりの心理分析めいたことはできるが、ここには記さない。が、これも権威主義の幼いあらわれだと言えるのではないだろうか。さらに彼は、彼の言うことをただ黙って聞いているときは機嫌よく、極めて饒舌で穏やかな口調だが、少しでも質問をすると（自分が嫌になるほど、そんなときのわたしの口調は卑屈になっている）、彼は反射的に身構え、攻撃に転じ、びっくりするほど怒りをあらわにするのだ。たぶんわたしは、彼の母親の年代だろう。年齢がはるかに上であることも、彼にはプレッシャーなのだろうか。わたしにはわからない。

精神的にもとても不安定にも見える彼はこの先、医師として暮らし続けるだろう。そ

してこれからも、彼は大勢の患者に出会い続けるのだ。

アルツハイマー病に効果があると言われる薬を使ったからといって、母の病状の進行にブレーキをかけられたかどうかはわからない。このことはレジデントではなく、主治医に問うべきことだとは思うが、「手遅れ」という状態まで来てしまったことを、わたしは、母は、どう納得すればいいのだろう。

「もっと早くに検査すべきだったと思います、申しわけない」。主治医はそう言った。いまは時間的にも余裕がない。あと数日すれば冬の休暇だ。ゆっくり考えよう。母のため、だけではない。医師との向かい合い方で悩んでいるはずの大勢の患者とその家族のためにも。この力学に、具体的にどうやって風穴を開けたらいいのか、開けられるかを。

教えていただきたい。他の人たちはどうやって医療と向かい合っているのだろう。そこに不安や不信や疑問を見つけてしまったとき、どのように乗り越えていかれるのだろう。波乗りよろしく、納得できる出会いまで、次々にドクター・サーファーになるのだろうか。しかし、その余裕も体力も高齢者にはないのだ。「ほどほど」で諦（あきら）めるしかないのか。いのちそのものに関わることを、「ほどほど」で。わたしは明らかに混乱している。

ひとりっ子介護　　２００４年

「あなた、ひとりっ子よね？　ひとりで介護するのって大変でしょう？　うちは三人姉妹だけど、それでももうお手上げ。なんとかローテーション組んで踏ん張っているけれど。長姉は専業主婦で、他の二人は仕事を続けているから、緊急のときはやっぱり姉が即、行動を起こすひとになるじゃない？　一緒に暮らしているのも彼女だし。彼女にしてみれば、なぜわたしだけが？　という思いに捉われることはたびたびあると思う。大事な母のことで、誰が二時間多く介護したとか、私は今週一時間半少なかったなんてことでガタガタしたくないんだけど……」

そう言ってM子はふっと溜息(ためいき)をついた。

彼女たち三姉妹は、八十五歳になる母親を介護している。二年前まではひとりで暮らしていた母親が姉のところにやって来たのは、姉自身、夫を亡くしてからのこと。

「姉は、夫を亡くした悲しみや喪失感が母が目の前にいることで、少しは紛れたと言っ

ていたんだけど……。彼女も六十歳を過ぎて、腰痛やらなにやらで悩まされるようになって」

介護の疲労が、仕事を続けている妹ふたりへの苛立ち(いらだ)や憤り(いきどお)に変わることが増えてきたという。

「去年からは、だから、休日や祝日は私たちの家に母がショートステイすることにして、少しは姉の負担を軽くしているつもりなんだけど」

介護保険でフォローできない介護に必要な費用は、妹ふたりが等分に負担する。土曜、日曜、祝日、さらにできるだけ有給休暇をとり、その日はそれぞれの家に母を「招待」して、母親の気分転換と姉の「休日」にあてる。病院への車での送迎は、妹ふたりやその子どもたち、夫たちが積極的に引き受ける等々。幾つかの決まりもできて、「ようやく軌道に乗り始めたと思った途端……」。

末妹の義父が倒れた。義父母は仙台で暮らしている。夫はひとりっ子だ。

「まさか末の妹の夫に、そっちはあなただけでお願いします、とは言えないし。ローテーションから妹がやむを得なく外れる日も増えてきて……。またもや姉は不機嫌になるし」

介護の手抜きを考えるものはひとりもいないのに、ギクシャクしだした空気は目詰ま

りを起こし……。

「少しでも私が妹の分をフォローしようと頑張っているのだけど、上の娘の出産も間近で、なんだか毎日、息せききって走り回っている」

M子は化粧品メーカーの宣伝部に勤めている。次の世代の女性たちに少しは道を開いておきたいと考え、責任あるポジションについて久しい。

「ひとりっ子のあなたは、どうやっているんだろう、といつも思っていたのよ」

よく訊かれることである。有職で、さらにひとりっ子の介護は？　と。これから、わたしのようなタイプはより増えていくはずだ。

最初から、人手は少ないというところから介護に臨んでいるので、わたしの場合は「介護」という概念を受け入れた瞬間から、その覚悟のようなものはできた。といっても、さほど悲壮なものではなく、それは、ひとりっ子として暮らしてきた年月が、わたしに教えてくれたものだとしか言いようがない。

ヘルパーさんもいる。親類のうち、もっとも頼りになるのは、シングルの従弟だ。彼の母親（母の末妹）も長い間、仕事をもっていたひとで、子ども時代のある時期、従弟はわが家で暮らしたこともある。従って、わたしの母をとても慕ってくれているし、母もまた彼にはリラックスして向かい合うことができるようだ。

それでも介護のキーパーソンは娘であるわたしだから、入退院をはじめとして、母の介護にかかわる最重要事項はわたしが決める。このやりかたは、いまのところとてもうまくいっている。

「連絡先が多すぎて、疲れちゃう」

そう言ったのは、兄妹が五人いるI子である。主役は介護「されるひと」だと充分に承知しながら、周囲のそれぞれの希望や思惑が複雑に交錯するのも、介護というものだ。「うちの母も、あなたの言葉を借りるなら、記憶の回路に目詰まりを起こしてしまっているでしょ？　本人が決定や選択をしてくれれば一番いいけど、それは不可能になってしまって……。と、家族の中の誰かが決定権をもたなきゃいけない。長幼で決めるのもおかしいし、かといって誰が一番母を愛しているか、なんていう問いは成立しない。誰もが自分だと思うでしょうし、思いたい。と、誰もが一票ずつもつことになる。母に関するすべてのことに対して、ね。五人の兄妹と、そのつれあいも加わって……、これがなかなか決まらないのよ。一度決まっても、翌朝には、やっぱり反対だという電話が二カ所から入ったり。人手が多いということは、母のために望ましいと思ったことを即実行に移せない、ということでもあるのよ。真夜中の電話で大喧嘩になったり。……私たちが揉めて、一番悲しがるのは母だとわかっているのにもかかわらず。それぞれの一生

懸命やそれぞれの熱意がときにトラブルのもとになったりするのよ」

I子はそう言ってから、「ひとりっ子が時々は羨ましい」と呟いた。

きょうだいが大勢いるという状態そのものをわたしは知らないので比較することもできないが、「わたしがすべてを決めなければならない」という追いつめられた気分から、「わたしが決める」という通過駅を経て「わたしが決めればいいのだ」という心の着地を一度体験してしまうと、思いのほか、気持ちは軽くなる。

「みんなで介護をしている」という実感が強くなればなるほど、どんなに些細なと思われることでも、その「みんな」と分かち合い、合意を見なければ先には進まない。が、たとえば主治医の意見を「みんな」で聞き、都合がつかず、その日に参加できなかった誰かに、医師の言葉を過不足なく伝え、それから全員が集まるなり電話で相談するなりして、ひとつのことを決定するまでの時間と労力を想像するだけで、「ひとり」に慣れたわたしは、気が遠くなる。

もちろん喜びや充足、悲しみや不安を分かち合う人は欲しい。しかし、それは血縁に限ることはない。

母のことを心から愛してくれるひと、また母の介護をするわたしのことを心にかけてくれるひと……。そのひとたちと分かち合えるものはたくさんある。かつて、血縁では

なく、共感をベースにした結縁の家族をテーマに『偶然の家族』という小説を書いたことがあった。偶然の出会いを必然に変えていった、拓かれた「家族」の物語である。二十年近くも前に書いたその小説のテーマを、母の介護を通して、わたしはいま体感している。メール、電話、ファックス。「お母さまに」と講演先でおずおずと手渡される小さなハーブのブーケまで含めて……。母は、そしてわたしは、「みんな」に支えられているという実感がある。むろん叔母たちをはじめとして、血縁のものたちにも。

現在、母はふたりのヘルパーさんたちに主に日常生活のお世話になっている。この状況に慣れるまで、母も大変だったろうが、わたしも正直大変だった。プロとはいえ、ヘルパーさんも大変だったに違いない。家の中に「はじめてのひと」が入ってくることに抵抗を覚えないひとはいない。それぞれの流儀があり、それぞれの違いもある。

が、その「それぞれ」に母は支えられ、母もまた自分で自分を支えているのだ。

在宅で母が祖母を介護していた二十年以上も前。四人姉妹の長女である母はキーパーソンでありながら、祖母にまつわるもろもろのことを決定するとき、妹たちへの連絡だけで、ただでさえ少ない睡眠時間を削っていた。電話での連絡の数々。足しげく通ってきてくれればくれたで、家で待っている妹の子どもたちの夕食のことまで気を配っていた。「一番大変なんだから、そんなこと、心配しないで」と言われても、身についてし

まったものはなかなか変えられない。緊急のときに限って、いつもより色濃く、その「癖」のようなものが顔を出し、母がくたくたになっていくのが、傍のわたしにもわかった。むろん母親への思いを分かち合える妹たちの存在は頼もしいものだったとは思うが。キーパーソンはやはりひとり、にしたい。きょうだいが多くても、である。

あれこれ相談しているうちに、肝心のひとの状態が悪化してしまうケースもないとはいえない。一分、三十秒の決断を要する場合もある。

介護を考えるとき、目を逸らせないテーマのひとつ、経済もある。きょうだいがいる場合は等分にとか、いろいろな案があるが、この不況の時代、そうしたくともできない誰かが血縁の中にいないとも限らない。介護保険外の私費の支払い等、かなりの負担とも言えるが、そういったことで、きょうだいが揉めるのも、介護されるひとにとっては(意識できようとできまいと)辛いことだろう。その点でもわたしは、ある意味でやすらかだ。

母の体調がよく、ここ数日で何らかの変化はたぶんないだろうと思えるとき、親類に来てもらい、一泊の仕事に出ることもある(二泊は、わたしの気持ちがもたない)。この間、母は何度か短期間入院した。完全看護といっても、自分の身に起きていることを完璧に理解し、認識する能力は残念ながら彼女にはすでにない。ナースコールの仕方も

母はもはや習得できない。自力で起き上がることはできないから、かえって安心だとも言われるが、やはり気が気ではない。

最近の入院は二〇〇三年十一月末から今年の一月半ばまでのそれだった。途中でトラブルがあり、ヘルパーさんと事業所を変えざるを得なくなったり、暮れのわたしの書き溜めはとどこおりがちになったりと、苦しい日々だった。が、ベッドが変わり、昼夜逆転気味になり、消灯時間が来てもぱっちりと目を開いて天井を見ている母を病室に残して帰宅する気にはなれなかった。結局、母が眠りに入るまでは病室にいて、帰宅は午前二時、三時ということがたびたびだった。

家に戻り、熱いシャワーを浴び、いつもはタフで旺盛な食欲を示す胃袋も縮みあがって、なにも受けつけない。それでもなんとか固形物をスープやジュースで流し込み、締め切りの迫った（ときには、過ぎてしまった）原稿を書き、気がつけばすでに朝。毎週の新聞連載が三本。隔週が一本。雑誌が四本。その他、クレヨンハウスが発行している幼児保育雑誌の特集頁の原稿、その他もろもろ。さらに人権週間などのときは、毎日のように東京を離れての講演があった。

原稿を書き上げ（この間に洗濯し）、書き終えたものはメールで送って、朝七時。講演の準備をし、資料をバッグに詰め、病院の食事を摂りたがらない母に朝食を作って夕

ッパーウェアに詰め、それを紙袋に入れて、病院へ急ぐ。わたしがスプーンで口に運び、時計を見ながら、途中で看護師さんやヘルパーさんと交替。それから時間の余裕のあるときは車で（少しでも休みたかった）羽田空港か東京駅へ。ないときは電車で、といった具合で、シートベルトを締めるやいなや、爆睡モードに突入！　ということもあった。

以前の何度かの入院のときは、夕方まで、ヘルパーさんに付き添ってもらい（一〇〇パーセント私費になる）、夜はわたしや親類が泊まっていたが、今回の入院ではそれが体力的に無理だと判断せざるを得なかった。いま、わたしが倒れると、すべてがダメになる……。母のベッドの傍ら、小さなソファに横になってもよかったし、母の入院のお供のひとつ、ノート型パソコンで原稿を送ることもできたが、どんなに短時間でも家に戻り、ベッドで横になることを選択した。従って、帰宅は毎夜午前二時、三時。

病室にクリスマスソングを流し、リースを飾り、「ね、お母さん、クリスマス！」。時々は踊ってみせているところでドアが開き、「あらーっ」と、看護師さんたちに笑われた。

「ちょっと不謹慎じゃない？」

そんな風に言う人は誰もいない。だってわたしが、決めるのだから。

誰に会いに行く？

「いま、何時？」

一日に二、三回、母は訊く。

ここ数年、多くの言葉を失い、記憶の回路にも大きな石が詰まってしまったような状態の母ではある。

掌で掬った水のように、毎日、毎時間、指の間からこぼれ落ちていく母の語彙や記憶を前になす術もなく、わたしは頭を抱えるしかなかった。

けれどこの半年、母はほんの少し、ほんとに僅かではあるが、幾つかの単語とフレーズをまた取り戻しつつあるようだ。この嬉しい変化の原因が何によるものであるのか、わたしにはわからない。

医学書や検査の数値とはまた別の、いのちの不思議さ、深さのようなものを、母から贈られているような気がする。

「いま、何時？」

また母が訊いた。現在、彼女は時間に追われる日常とは無縁のところで暮らしている。しかし、母が創造し、あるいは想像した彼女独自の世界では、時間を気にしなくてはならない何かがあるのだろうか。その世界を、わたしもほんの僅かでいいから共有したいのだが、彼女は覗かせてはくれない。

だからわたしは、「いま、何時？」という母の問いに出会うたび、彼女の額にそっと手を当てたり耳元に口を寄せたりしながら、ベッドサイドの時計が示す時間を告げ、こう言うのだ。

「時間はたっぷりあるよ。急がなくていいのよ、だいじょうぶ」

母は「だいじょうぶ」という言葉を聞くとほっとするらしく、わたしの答えを確かめてから、枕の中で小さく頷くのだ。

「いま、何時？」というフレーズを思い出してくれたことは嬉しいが、時間を気にしなくてはならない世界に迷いこんでしまった母を思うと、なんともせつない。

そこでわたしは、たとえば母が駅にいるのだと勝手に想像する。彼女は列車を待っている。彼女はこれから大好きなひとに会いに行こうとしている。だから、こんなにも時間が気になるのだろう、と。

八十一年の人生で、母はいつも急かされてきた。育児に仕事に経済に、生活そのものに、祖母の介護に、そしてそして……。

だからわたしは夏服を着た若き日の彼女が、大好きな誰かに会いに行こうとしているのだと想像する。アーウィン・ショーのあの短編小説の中の彼女のように。

母の想像と娘の想像はまったく違っているのかもしれないが。

受けとる言葉

「頑張ってください」。その言葉を、元気な頃の母はあまり遣いたがらなかった。

「その言葉を贈られるひとはすでに、これ以上どう頑張ればいいのかと思うほど、頑張っているのよ。そんなひとに、頑張ってくださいとは言えないわ」

母はそんな風に言っていた。

いま母は、「頑張ってください」という言葉をかけられることが多い。古くからの友人だったり、看護師さんだったりヘルパーさんだったり、親類のものからだったりする。現在の母が、その言葉を過不足なく理解できているかどうかはわからない。が、病院で、車椅子(いす)の上で、ベッドの上で、リビングルームのいつもの指定席で、誰かから差し出される「頑張ってください」に出会うたびに、母はとても柔らかく微笑(ほほえ)み、静かに頷(うなず)くことが多い。

母は母なりに自分のいまを「頑張って」生きている。

何度も危険な状態に陥り、そのたびに乗り切って、いま、ここに、彼女はいる。一五〇センチ、四三キロの身体のどこに、それだけのエネルギーがあるのかと驚くほど彼女は頑張っている。

そんな母に、これ以上「頑張ってください」という言葉を贈るのは、なんだか理不尽な気もしないではない。

けれど母は静かに微笑んで、贈られた言葉を受けとり、受け入れているようだ。以前は躊躇し、ときに抵抗したあの言葉を。言葉の表面ではなく、その言葉にこめられた、ひとりひとりの思いを丸ごと抱きしめているかのように。

自分で言葉を発することが不自由になったいま、言葉の内側に宿るそれぞれの思い、言葉を発するひとのそれぞれの人生を、「働きもんの手」から細く透明になってしまった指先で丁寧に紡ぎ出し、自分の心の真ん中に受け入れているに違いない。ひととき向かい合うときの母を見ていると、ふとそう思うことがある。

言葉を失ったいま、言葉の深さや今までとは違った表情を獲得する……。

そうであってほしいと思いながら、白いコスモスの花に向けた母の横顔を、わたしはさっきから見つめている。

崖っぷちの回復

もうひとつの口、「胃ろう」の話である。

九月に週に一度の割合で誤嚥が続き、脱水症状となって点滴が始まったが、血管に針が入りにくくなり、点滴の液が洩れてしまうこともたびたびある。それもあって、胃ろうの話が出てきたのだ。

「胃ろう」でもうひとつの口を作っても、本来の口から食べものや水分をとることは可能だし、必要がなくなれば閉じることもできる。入浴などに不都合もないと知ってはいても、正直やはり落ち込むわたしがいた。

口からとってほしい、という思いを捨てきれずにいる。

咀嚼と脳の働きは繋がっている、という一節が突如甦ってくるのも、こんなとき。

なによりも、「胃ろう」について母の意見を聞けないことが、わたしにはせつなく哀しく、負担でもある。

ほかでもない自分の身体に施される新しい試みについて、自身は全く知らない、意識できない、自ら選択できないということを、母はどう捉えるだろう。それを充分に理解する力もすでに衰えているとしても、わたしが母だったら、それを望むだろうか。

何をしていても、どこにいても、心が晴れない日々が続いている。

「現在の彼女」には、「彼女の現在」について理解し、選択決定する能力が、無念なことにさほど残されていない……。というのが、現代医学における解釈だが、本当にそうなのだろうか。わたしにはわからない。

「胃ろう」そのものより、本人の与り知らないところで、そういった選択をしていいのか。そのことが、むしろわたしを悩ませている。そしてそろそろ結論をという崖っぷちで、なんと、母は嚥下を回復してくれた。

本来の口で味噌汁もスープもジュースもお茶も飲み始め、主食の玄米粥も、やわらかく練ったりした十種類の副食（野菜、芋、豆、肉、じゃこ、豆腐等）も、しっかりと咀嚼をして食べるようになった。

「お母さんの元気が戻ってきた！」と叫べば……。母は涼しい顔で答える。

「わたし、どこにも行っていなかったよ」

「戻ってきた」という言葉に対する、母の反応である。

枕に噛みつく

「見送った父のことを考えると、ああすればよかった、こうもしてあげたかった、と悔いばかりです」

そんな話を伺う機会が多い。

「落合さんは充分されているから、悔いとは無縁でしょう」。そう言われることもある。

そんなことはない。

介護に、ここまですれば充分、というゴールはない。いつだって悔いと二人三脚だ。

眠いのに眠れない夜。心を過って(よぎって)いくのは、遠い日、近い日の悔いばかりだ。

発症した当初、もう六年も前になるが、「別の病院に行けばよかったのではないか」から始まって……。多少のもの忘れが始まった頃の母に、「さっき言ったじゃない!」と少々苛立った(いらだった)口調で言ってしまったあの日の自分まで。ありとあらゆることが、これでもかこれでもかと押し寄せてきて、枕に噛みついて、吠えたくなる夜がある。

愛するひとの介護に悔いはつきもの……。そこから始めない限り、介護する側も救われない、としみじみ思うようになった。

同じように介護しているかたの体験を伺って、

「えっ？　そんな方法もあったの。知らなかった。勉強不足だった。もっと早くに知っていたら……」

と、ここでも悔いに打ちのめされる自分がいる。

そう、ほとんどすべての悔いは「もう少し早く知っていたら」であり、「もう少し早く気づいていたら」から生まれる。

だから、わたしは愛するひとの介護をされているかたに心からお伝えしたい。

「そんなにご自分を責めないで。ただでさえ疲れきっているあなたの気持ちをこれ以上、いためつけないで」と。

これは時々、わたしがわたしに贈ってやる言葉でもある。介護する側が自分をいためつけると、その刃は形を変えて、心ならずも介護される側に向かってしまう場合が多い。

午前三時。母は夢を見たのだろう。眠りの縁で、何か呟いたあと、ぽっかりと目を開いて言った。

「見ちゃった」

夢を見たという意味なのか、夢の中で何かを見たという意味なのかは知らない。それでも、唇と頰に柔らかな笑いがとどまっているから、楽しい夢であったのだろう。母の笑いをそのまま抱きしめて、わたしも寝る。

祈るしかない、のか？

2005年

原稿を書きながらカモミールのお茶を飲んでいたら、急にむせてしまった。誤って気管のほうにお茶が入ったようだ。風邪気味で喉の具合も悪かったから、誤嚥したものをなかなか外に出せず、一瞬、呼吸困難のような状態に陥った。

母のベッドそばにいたヘルパーさんが「大丈夫ですか？」と走ってきたくらいだから、傍目にも苦しそうに見えたのだろう。

誤嚥といえば、わが家では母のそれが彼女にかかわるもののすべての共通の注意事項になっているのだが、まさかわたしがそうなるとは。咳と一緒に誤嚥したものを完全に外に出しきるまで、時間にしたら一分にもみたなかっただろうが、いやあ、苦しかった。

ひと息ついてから、母が誤嚥したときの苦しさを思う。母のベッドサイドには、電動式の吸引の機械、サクションがいつでも使えるようにセットしてある。形は違うが、掃除機の機能を小型にしたような装置といえる。誤嚥したものを、チューブの先に繋いで

ある更に細い吸引用のカテーテルを通して、口の奥や、場合によっては鼻から吸い上げる方式になっている。

わが家にそれが入って丸三年。わたしはようやく使い方に慣れたが、今までは医療行為に当たるために、ヘルパーさんは使用を禁じられていた。しかし誤嚥は時を選ばない。咄嗟（とっさ）の判断と実動がものをいう。目の前で喉を詰まらせて苦しみ、唇まで紫にして呼吸困難を起こしている者がいても、規則で吸引ができないとなると、ヘルパーさんも辛（つら）いだろう。介護されている側にとっては、いのちそのものにかかわる問題だ。

使い方を間違って事故が起きたら責任問題になる……。だから吸引してはいけない、という思いも従来あっただろう。それもわからないではないが、なんだか納得いかなかった。

「わたしが不在のときに誤嚥で母がむせたら、とにかく母を側位にして、頭をベッドから落とすようにして、背中を下から上に向かって丸めた掌（てのひら）で叩いてください。そうすれば、だいたい吐き出すことができます。救急車が到着するまで、それだけはお願いします」

あとは事故が起きないように祈るしかない……のか？

本当にそれしかないのだろうか？　幸い母の場合、サクションを使わなければならな

い大事になった三回とも、わたしが帰宅した直後で、なんとか乗り越えることができたが、帰宅が五分遅れたら……。想像することさえ恐ろしい。

今日は母の入浴サービスだった。

ゆっくりとお風呂に入れてもらい、身体(からだ)じゅうに保湿効果が高く、香りもいいワイルドローズの乳液をすりこんでもらった母は、ツルッツル。頬も胸も背中も、足の裏もツルッツルだ。

肌の手入れなど忘れているわたしよりつややかな肌を輝かせ、穏やかで満ち足りた表情をしている。

P・S　医師と看護職による指導、家族の同意などを条件にヘルパーさんも吸引ができるようになった。難しい問題ではあるが。

それにしても、ヘルパーさんの賃金は、仕事内容に比して低すぎる。わたしたちの税金は、こういうところに投入されるべきではないか。

心の半分

母がおならをした。

ちょっとむせて咳をした途端、タオルケットのおなかのあたりから、ぷっぷっぷ。

「お母さん、おなら。よかったね」とわたし。

何がよかったのか、言っている自分でもわからない。けれど、おならもくしゃみも、げっぷも、母がいまここに生きているあかしと思えば、どれもが、ようこそ！　である。

「体重が増えて、みんなが大喜びできるなんて、しあわせなことですよねえ」

そう言ったのは、ただいま何十回目かのダイエットに挑戦中だという若いヘルパーさん。そう、母の体重が増えると、それもまた「よかったね」であるのだ。

一時期、四〇キロそこそこだった体重がこの一年で六キロは増えた。「わたしが一年で六キロ増えたら、も、悲劇ですよー」。おやつに用意したショートケーキを恨めしそうに睨みながら、ヘルパーさんは笑う。

そんな周囲の笑いの理由を充分には理解できないであろう母ではあるが、「みんなが笑っている」という和やかな空気は必ず伝わる。スプーンで掬ったケーキの生クリームをひと嘗めして、母もまた、ふふふと笑う穏やかな午後。

しかし一方では、また「胃ろう」の話が再燃している。

この先、もっと頻繁に、誤嚥が起きる可能性は増えるはず。であるなら、体力があるいまのうちに、というのが理由である。

それでもわたしは相変わらず踏み切れずにいる。口で栄養はとってほしい、と願っているのだ。

けれど、とろとろの「やわらか食」や高カロリーの飲み物も含め、食事に一日の大半を割かねばならない母にとってはいま、楽しみであるはずの飲むこと、食べることが、苦痛になっているのではないか……。

「胃ろうは、いわゆる生活の質を無視した延命の手段とはまったく別のものだと解釈しています」という医師や看護師さんの言葉に半分頷き、半分は、でもなぁ、と娘は回答を一日延ばしにしている。「胃ろう」にしながら、調子のいいときは口から食べたり飲んだりすることも可能なのだが。いつの日か、選択決定しなければならない日が来ると思いつつも、迷いは続く。

そんな娘の逡巡をよそに、母はまたおならを、ぷっ。そして、例によって、ふふふ、である。

つられて笑いながら、娘は心の半分を引きつらせたままだ。

あなたに似たひと

過ぎたことを悔やんでも仕方がない。こぼれたミルクをもとのグラスに戻すことはできない……。

そう自分に言い聞かせながら、母を介護してきた。正直、振り返る余裕もなかった五年間だとも言える。

このところ母の状況は落ち着いている。少しだけ「わたしの時間」も増えた。そのせいだろうか、グラスに戻すことのできない「ミルク」が悔いという礫(つぶて)となって、わたしの心を打っている。

あれは七年前のこと。仕事に出るわたしは、買い物に行くという母と一緒に家を出た。あのときわたしは、母の歩幅がやけに小さく、姿勢も前屈みであることに気がついた。が、あのときのわたしは、その日の仕事のことで頭が一杯で、心を過(よぎ)った不安をねじ伏せてしまった。

いまとなっては、あの日、わたしの頭を占領していた仕事が何だったかも思い出せない。思い出せるのは、あのときの母の歩き方だ。あのとき、すぐに病院に行っていれば……。ここにも悔いがある。

さらに自宅をバリアフリーにすることを急いだのも、そのための仮住まいを、神経内科のある総合病院の近くに決めたことも、いまでは悔いになっている。気持ちばかりが焦っていた。良かれと思ってしたことが、母の負担になったのではないか……。等々前のめりに疾走する日々の中では、敢えて目を逸らしたり眠らせていたあれこれが、心の中で立ち上がり、それぞれが声高に叫び出す。それでどうなるものでもないのに。

八十五歳の母親を介護しているとおっしゃるNさんからの手紙である。

「介護をしている家族は、日々闘いの連続です。まずは自分の中の悔いとの闘いです。病院、医師選びから始まって、振り返れば悔いの行列。高齢者の枕もとで、もうこの年なんだからとあきらめ顔で言い放つ医師への憤りとの闘いもあります」

午前一時、睡魔と闘いながら、明朝の母のやわらかな食事を作りながら洗濯機を回し、汗ばんだ母の寝間着とオムツを換え、体位を交換し、変化がないことを確認してから……。ようやくわたしのシャワータイム。

浴室の扉を開けて浴びていると、母の部屋から咳き込む声が聞こえてきて、慌てて飛

び出し、裸のまま母の背中をさすったり軽くタッピングしているうちに、夜明けの時間。

朝にやってくるヘルパーさんへの連絡事項をメモしていると、もう出勤の時間。

……それでも母の、朝一番の笑顔を今日一日のご褒美に、「行ってまいります。久しぶりの晴天。光がまぶしい朝です」とメモに一行加筆。連絡事項だけだと味けないので。

あなたやわたしに似たひとが、ここにも。

しばり

「八十四歳の父は認知症です。角が擦りきれた古い鞄に新聞のチラシを入れたり出したりしています。それも一日中。何をしているのか？　と訊くと、仕事だ、見ればわかるだろ、と不機嫌になって……」

そう言って息子である彼はふっと溜息をついた。彼は五十八歳。こんな話をしていいのだろうか、という淡い戸惑いが表情にも口調にも時折り見え隠れする。

「仕事ひと筋の父でした。定年を迎えて二十年余りがたつのに、忙しく働いていた頃のことが意識の底に刷り込まれているのでしょう。そんな父を見ていると、せつなくいとおしいと思う半面、時にはなぜかむしょうに腹が立って、父が鞄に出し入れしているチラシを捨ててしまいたくなるときがあります。父の症状が目に見えて進んだのは、母が亡くなった四年前からです」

息子である彼自身、あと数年で定年を迎える。

「父への苛立ちの中には、自分の二十年後をつきつけられているような焦りもあります。自分もあんな風になってしまうのか、と。そうなるとは限らないのに、父の姿に自分がだぶって見えるのです。……こういったことを言葉にすること自体慣れていません。男は家庭内のことを口にしてはいけないという、しばりのようなものが長い間ありました」

多くの男性が介護の日々をスタートさせるとき、躓くのはこのジェンダーのしばりだろう。

そんな彼を見て妻は言ったそうだ。彼女も実家の母親を介護するために週に二回は五時間かけて郷里との往復を続けている。

「お義父さんの介護に積極的にかかわるようになってから、あなた、変わったと思う。そりゃ、お互い大変だけど、なんて言ったらいいのかな、仕事しかないように見えたあなたが、日常の中の痛みや悲しみに丁寧につきあい始めて、ひととしての風景が深くなったかんじがするの」

父の病院に付き添うことにも、紙オムツを両手にさげて帰ることにも、実際に排泄を手伝うことにも慣れた。そして、おもらしをして汚れたものをそのまま洗濯機に放り込むのではなく、下洗いをしてから洗濯することも覚えた、そんなことも知らなかった、

と彼は苦笑する。

「父との記憶といえば、日曜の午後に数回キャッチボールをしたという子ども時代のそれしかなかったのですが。改めて父とつきあう覚悟ができました」

もっとも人口の多い団塊の世代の先頭集団が、二〇〇七年には六十歳を迎える。彼もまたそのひとりだ。

「お母さまとの日々、どうか大事にされてください。ご自分の健康も後回しになさらないで」

介護をしているひとが同じような状況にいるひとに贈る言葉は、身にしみる。

彼からの言葉を胸にかかえて帰宅すると、クリーム色のガーゼの寝間着を着た母は、囁(ささや)くような掠(かす)れ声で、

「おかえり」

と呟(つぶや)いた。雨の夜である。

ありふれた八月の朝

♪……ねんねこ、しゃっしゃりませ

母の寝室に子守唄が流れている。部屋の外のベランダにはジニア・リネアリスが、オレンジと黄色の小花をみっしりとつける八月。

「え？　なあに？　もう一度言って。ジニア、なに？」

この花が、園芸雑誌などに紹介され始めた頃、早速、種子（たね）を取り寄せて育ててみたことがあった。あの頃は母も元気で、古い麦わら帽子を頭にのせて、庭仕事をしていた。

「ジニア・リネアリス。百日草の一種らしいよ」

「なんでも横文字にしちゃうんだから、覚えるのが大変。で、ジニア、なんだっけ？」

「ジニア・リ・ネ・ア・リ・ス」

庭先で、そんな会話を母と交わしてから、あの日、わたしは旅行鞄を手に家を出たのだった。角のところで振り返ると、一方の手に大ぶりな如雨露（じょうろ）を下げた母が、空いたほ

うの手を高くあげて振っていた。特別なことは何もない、ありふれた八月の朝のできごと……。

けれどいまになってみると、その光景を丸ごと抱きしめたくなるほど、いとおしく懐かしい。

人生とは、と安易に定義づけたいとは思わないが、たぶん人生とは、そういった、ありふれた光景の中に、いとおしいひとやいとおしいものを配することで、ようやく成り立っているものなのかもしれない。

音楽がブラームスの子守唄に変わった。

六十年近くも昔。母はわたしを背おったり抱いたりしながら、子守唄を歌ってくれただろう。戦後のもののない時代。栄養失調気味で充分に出ない乳を赤んぼうのわたしに含ませているときも、きっと。

そのとき母は、腕の中の、わたしという存在を丸ごと受け入れていたはずだ。ぐずろうと、火がついたように泣き叫ぼうと。

だからわたしもいま、「あるがままの母」を受け入れる。それが、娘が母に贈ることができる「子守唄」そのものなのかもしれない。と、いつになくセンチメンタルな気分に浸っていると、うん？　タオルケットの下から、よく知っている匂いが。

石鹸とカット綿、先がチューブになっていて、そこからぴゅっとお湯が出るボトル二本にぬるま湯をいれて……。「さ、お尻をきれいにしよう」。

前を洗ってから、側位にして脇につっかえ用のクッションをふたつ入れて……。きれいにきれいに洗い流す。それから水気が残らないように、これまたきれいに拭いて、お尻の周りにワセリンを塗り広げる。

この、朝の儀式を終えるのに、ゆうに三十分。以前は一時間も要した。

体調によっては、日に三回などということもあって、やさしい気持ちで歌っていたはずの母への子守唄が、ひどく乱調気味になることもある、と告白しておこう。

母のエステタイム

母の口がかすかにかすかにかすかに動く。続いて吐息が。それから漸く言葉が唇に。わたしは全身を耳にする。

今年に入ってからも二度の緊急入院があった。その間に、母は言葉を使うことをすっかり忘れてしまったようだ。鼻管から高カロリーの液体を落とすことが食事になって、ほとんど食べない、飲まないことも、口の動きを鈍らせてしまったのに違いない。

それがこのひと月ほど、母に言葉が戻ってきた。口腔ケアの先生に教えていただいたとおり、わたしは母の頰や耳の下の唾液腺をマッサージする。と、僅かひと月の間にかたくなっていた頰が柔らかくなり、聞き取れない場合も多々あるのだが、もじょもじょと母は口を動かすようになった！

マッサージは一日ほんの五分ほどだが、母の場合はすこぶる効果があるようだ。

ゆったりした気分でしたいので、だいたいが夜遅く、CDを流しながらのマッサージ。

わが家では、「お母さんのエステタイム」と呼んでいる。

注意。①頬に、温めたタオルを当てる。皮膚が弱くなっている場合があるので、低温火傷(やけど)に注意。しばらくそうしておいてから、②滑りをよくする乳液やオイルを頬に伸ばし、指先で円を描くようにゆっくりとマッサージする。③医療用の手袋をはめて（きれいに洗っても指は雑菌の宝庫だ）、ひとさし指を口の中にいれ、頬の内側と歯茎をマッサージする。④最後に冷たい水を僅かに含ませた口腔ケア用のスポンジブラシで口の中をきれいにする……。

ただ、それだけのことだが、言葉と声が回復しつつある。

今日の「お母さんのエステタイム」は午後になった。終えた瞬間、母の唇がかすかに動いた。

「なんじ？」

「二時ちょっと過ぎ」と反射的に答えてから、「ええっ？」。

漫画でいえば、頭から延びたふきだしに、パッと電気がついた状態だ。何時？　と、母が言った。確かに言ったのを、わたしは確かに確かに聞いた。

ぺろぺろキャンディを舌先から舌の真ん中あたりまで滑らせて、味わってもらうことも習慣になった。母はちゃんと唾液を嚥下(えんげ)する。

先日は母のベッドサイドでうなぎの蒲焼（かばやき）の話をしていたら、ごくんと唾を飲んだ。偶然ではない。お寿司の話をしたときもチョコレートの話をしたときも、ごっくんである。

快晴の週末。さ、洗濯をしよう。今日のわたしの足取りは軽い。

So, this is Christmas!

♪ So, this is Christmas……

母のベッドサイドに置いた小さなオーディオセットから、ジョン・レノンの歌声が流れている。『ハッピー・クリスマス』。

今日は二十五日。まさに So, this is Christmas である。

別にクリスチャンではないけれど、わたしはこの日を次のような日だと勝手に決めている。

……大好きなひとのことを、いつもより深く思う日。その大好きなひとのために、自分は何ができるかを考える日。師走で前のめりになりがちな心をちょっと立ち止まらせ、大好きなそのひとの、これまでとこれからについて想像を巡らせる日。そして、社会構造的に、より声の小さい側に置かれた、すべてのそれぞれのひとの平和な日常を祈る日。いや、祈っているだけでは間に合わない。祈った内容が少しでも実現するために、わた

しは何ができるか、今、ここから……と考えて、再び歩き出す日、と。

そんな風にクリスマスを位置づけないと、きらびやかなイルミネーションに足を掬われそうでこわい。

さて、二〇〇五年のクリスマス。

母へのプレゼントは、まずネグリジェ二枚。母の身体に負担がかからないように（腕を通すのがひと仕事だ）、柔らかく、伸びがよく、何度洗濯しても型崩れが気にならないもの。それから、たぶん着ない、かもしれないと思いながら、これまた柔らかなニットスーツを。ネグリジェだけプレゼントというと、「ずっと寝ていて」というようで、なんだかせつなくなるからだ。

一方、母からのわたしへのプレゼントというと……。喜ばしい大事件が起きたのだ。

鼻管を通して以来、口からはゼリーをほんの少し食べる以外は、高カロリーの液体を自動的に鼻から胃に落としていた母である。それがほぼ六カ月続いた。ほんの少量でもいいから、「味わう」ことを思い出してほしい……。ずっとそう思い、願ってきた。

それが、この十八日。少しではあるけれど、ケーキの生クリームを、母は自分の口で食べたのだ。スプーンで掬い、鼻で香りを確認してもらい、口の中に少量入れる……。

一度目は、口の中にとどめおき、ほとんど反応はなかった。が、二度目は、それが食

べものであり、「味わう」対象であり、最後はのみ込むべきものだと理解できたらしい。

気がつくと、母と一緒にごくんをしているわたしがいた。

たぶん生まれて初めて私が固形物を口に入れたとき、母もそうしただろう。

そうして、This is Christmas！である。

頑張りすぎず、けれどあきらめない！　確かにそうなのだ。

隣に眠る

2006年

「今日の仕事は終わったぞ。さあ、寝よう」

午前二時。風呂上がりにパジャマに着替えて、数冊の本を抱えたまま母のベッドを覗(のぞ)き込む。

母はすでに眠っている。昼夜逆転もなく、このところ午前零時を過ぎると、母は熟睡モードに突入する。小一時間前にはかったバイタル、血圧は上が一三二で下が八〇少し、体温は三六度四分、血中酸素も問題なし。

フル稼働している二台の加湿器の水も充分だし、わたしの脇の下で温めた聴診器を念のため胸に当てて聞いてみたが、妙な音はしない。今夜は不安材料ゼロ。

明日、わたしは早朝六時に家を出なければならない。

「お母さん、おやすみなさい」

眠る母の額に頬(ほお)をつけて囁(ささや)いて、それから母の右隣の簡易ベッドで横になる。

母の部屋で睡眠をとるようになって、どれくらいがたつだろう。壁ひとつ隔てた隣の部屋がわたしの寝室で、心地いいベッドが待っているのだが、ここ数年、母のベッドの横で寝ている。

二時間おきに母の体位を交換しなければならなかった頃、自分のベッドで寝てしまうと熟睡してしまいそうで、母の部屋に引っ越してきたのだ。それが習慣になってしまった。といっても、横になると、わたしも爆睡してしまうことが多いから、母の傍らにいようと、隣の部屋のベッドであろうと、条件はさほど変わらないのだが……。

一度ついてしまった習慣を変えるのが、不安なのだ。

母の容体が落ち着いている間にたっぷり眠っておいたほうがいいのだが、なんだか不安。自分のベッドで寝たほうが深く眠れるのはわかっているのだが、「母のすぐ横」という、この小さな習慣を変えて、何かがあったら……。

母が唾液(だえき)を誤嚥(ごえん)して、むせているのに、わたしが気づかなかったら？　から、始まって、想像力は、不穏な方向へと加速度を増して転げ落ちていく。

それで、母のベッドの横に落ち着くのだ。抱えた数冊の本は、たぶん一頁目の半分も読まないうちに、わたしも眠ってしまうに違いない。

どんな小さな悔いも、もうごめんだ。ただでさえ、悔いが残る介護であるのだから。

母の寝息を確かめて、わたしも横になる。

夜中に突然、母が「恵子！」なんて呼んでくれることはないだろうか……。

そうだった。母が二度目の入院をした浅い春。真夜中の病室で、ふっと母を見ると、隣の簡易ベッドに寝ていたわたしを見て、母が深く微笑(ほほえ)みかけたことがあった。あのとき、母は確かに、小さな声で「恵子」とわたしを呼んだ。

ゴールは見たくない

今朝は早くに家を出なければならない。

七時半には出るから……と昨夜のうちに目覚まし時計のアラームは、五時五分にセットしておいた。五時にすればいいのに、もうあと五分眠りたいというところが、ちょっと意地汚い気もする。

毎晩、母のベッド脇に広げるわたし用の簡易ベッドの周囲に、時計を四つ置く。手が伸びる距離に置くと、無意識のうちにアラーム音を止めてしまうおそれがあるので、それぞれ距離をとって放射状に並べてみた。

どうせ並べるなら、いろどりよく黄色の時計の横は緑のフレームの時計にしようかな、と、こういうところが「あなたの介護が長続きするゆえんね」。

友人たちにそう言われるのだが、どんな小さなことでも、遊んじゃわないと、袋小路に追い詰められる。

不本意にも、介護される側になってしまった母が、この手の遊びが得意だった。わたしが子どもだった頃、貧しくても、季節の花だけは咲かせていた母でもある。

「切り花より、種子や球根のほうが安上がりだし、長持ちしてくれる。だいたい、発芽から育っていく過程も楽しめるじゃない？　花が咲くまで、がまた楽しい」

さて、アラーム音に跳び起きて、まず母の体温、血圧、脈、血中酸素などを計測し、ノートにメモする。

症状のひとつだと思うのだが、母は肘がスムーズに伸びない。それで血圧を測るときは肩から肘にかけて、柔らかく揉みほぐさなくてはならない。手首で測定するものもあるのだが、わが家のものは誤差が大きい。

わたしにゆとりがないと、揉む手つきが少し乱暴になったりするのだが、そのあとにやってくるのは、お決まりの自己嫌悪だ。自己嫌悪でスタートする一日は辛いし、母にもそれが伝わりそう。

気が急くときほど、ゆっくり……。ゆっくり、が一番の近道になるのだ、と母から教わった。

五分ほどで計測終了。母はまだ無心に、赤ちゃんみたいに眠っている。

可愛いけれど、せつない。

しかし、今朝は感傷に浸る余裕はない。白湯(さゆ)に朝の粉薬を溶かす。ガスコンロの上に、水をはった鍋を置いて温める。母の朝食、パックに入った高カロリーの液体を温めるためだ。

それから母の部屋に戻り、眠る彼女の脇の下、寝間着越しに聴診器の肌に当たる部分をさしこむ。聴診器の平たく丸い部分は、思いのほか冷たい。そのまま母の肌に当てると、せっかくの眠りも破ってしまう。それで、わたしの脇の下で温めたり、布地越しに体温でしばらく温めてから使う。

朝の儀式はまだまだ続く。しかし、バタバタしている自分や、そんな自分にゆっくり！　と声をかけている自分も、少し距離をとって見てみると、思いのほか笑えることがあったりする。

この、日常の中の笑いが、ゴールが見えない、またゴールを見たくない介護には必要なのだとつくづく思う。

拝啓、ドクター殿

その人生のラストステージにおいてどんな医療関係者に出会うか……。それによって、患者のかけがえのない日々は大きく変わる。

母もこの約六年間、「遍歴」を重ねている。無念なことは、それが母の選択ではなく、娘であるわたしの選択だということだ。

母だったら、どうしたいだろう？　念頭にはいつもそれがある。ひとつの選択を前にすると必ず心の中で、ときには言葉にして母に訊く。

「お母さん、これでいい？　ほんとに、これでいいの」。返事はむろんない。そして選択が終わると、やはり母に訊いているわたしがいる。

「お母さん、これでよかった？　これでよかったの？」

転院するときはむろんのこと、新しい治療や施術を選択せざるを得ないときもそうだ。

「認知症」と呼ばれる症状のある愛するひとを前にした家族はみな、このストレスを絶

え間なく抱えることになる。

この葛藤を、医師や看護師さんに「理解してほしい」とはもはや思わなくなっているわたしがいる。望むこと自体に疲れてしまった。

それは、医療技術というより、もっと心理的、あるいは哲学的なテーマであるのかもしれない。敢えて言葉にするなら、ちょっと気恥ずかしいが、「愛」や「生きることの意味」といった領域に属するテーマである。そしてそれらはあくまでも自分たち、「わが家の場合」で解決しなければならないことであり、母とわたしが手をとり合って、分け入っていかなければならない険しい小路でしかない。

医療の関係者に望むのは、正確な知識と技術と説明と、ちょっとした人間性、だろう。と書いて、笑ってしまう。

六年間の介護を通して、実に「慎ましやかな要望」しかもたなくなっている自分に気づいたからだ。そう、「ちょっとした人間性」すら、ぜいたくすぎる望みに思える医療関係者に出会うことさえたまにはある。

他方ではこうも考える。こういったある種の諦念は、医療の発展に対して後退にはならないか。人権というスタンスで以前からささやかながら活動してきたひとりとしては、この小さな諦念をいかに越えていくかも、大きな課題だと痛感しているのだが。

読者のかたからいただいたお手紙に、次のような一節があった。彼女もまた、母親を介護されて、医療の現場の、相手からすれば悪意不在の、けれど辛い言葉に大変傷ついてこられたという。その彼女がこう記されておられる。

……傷ついた分だけ、ひとにはやさしい自分になっていきたい……と。

涙が出た。わたしもそうしたいと、心から思う。贈られたこの言葉をしっかりと抱きしめて、わたしは今朝も母と向かい合う。救いは、とてもデリケートな、新しい在宅医療のドクターたちに出会えたことだ。

母の部屋の外。ベランダには、この季節、母もわたしも大好きな、ロベリアが小さな藍色の花をつけている。矢車草もまた。

いい一日にしようね、と心の中で母に声をかける。

午前三時の寝息

夜になると、母がむせるようになった。以前からその傾向はあったが、ここ数日、とても酷い。顔を真っ赤にしてむせている様子を見ているだけで、わたしも息が詰まりそうになる。

むせは、夜の食事とほぼ同時に始まることが多い。経管栄養で、高カロリーの液体をチューブを通して胃に入れるだけだ。と書いて、落ち込むわたしがいる。もう一年間もそれが続いているわけだが、まだ慣れることができない。

時間がくれば、毎回決まった量の液体を、たとえ「まだ欲しくない」状態でも管を通して胃に送り込まれるのだ。

わたしたちがよくするような「今日の夕食は軽めに」という選択を彼女は許されない。それによって彼女の体力が支えられているのも事実だ。

とにかく夜の食事が始まると、むせが始まる。胃に収まりつつある液体が逆流したり、

それを誤嚥して肺炎になったら大ごとだ。慌てて吸引をして、ちょっと休んでから、再び「食事」を始める。その繰り返しである。眠っているときには、むせは少ないことに気づいてはいるのだが、目を覚ましている母を強引に眠らせることもできない。

正確なところは不明だが、原因は一日の終わり、すでにかなりの量の水分をとって胃のキャパシティが少なくなると、下からつきあげてきて、むせが酷くなるのかもしれない……。と、いまのところは「かもしれない」の上で、対応を考えるしかない。とても穏やかな新しい在宅医療のドクターも同じ意見だ。

食事の時間をずらしてみたり、一日の水分摂取量を加減したりしながら、なんとかむせを軽減するよう工夫をしているのだが、効果はあまりない。従って、彼女の「食事中」は気が抜けない。

電話に出るのはもちろん、トイレに行く間も惜しい。電動式の吸引の機械はその間、いつでも出動可、の状態にしておく。

昨夜もそうだった。約三時間かかる「食事」のはじめにむせが何度かあり、吸引を繰り返し、ようやく落ち着いた様子を確認して椅子に腰をおろした途端……、またむせと咳が。

「お母さん、どうしたのぉ」

つい言ってしまった自分の言葉と声音に自分で躓いた。口調がどこか邪険になっていた。ほかのひとにはわからなくても、わたしにはわかる。たぶん母もまた。

「ごめん、苦しいのはお母さんだもんね、ごめん！」

そう言うと、母は目で頷いたような気がした。

結局むせは、午前三時まで続いた。まだ終わっていない仕事と、朝までの睡眠時間を逆算して溜息が出そうになったが、「ま、なんとかなるさ」。少し眠ろうか、お母さん。

母のベッドの傍らに置いたソファを簡易ベッドにセットし直して、母の寝息をわたしへの子守唄に変える。

利用者負担

「ええっ！」

電話の子機を耳に当てながら、わたしは落胆する。すでに了解をいただいていた日時に、ヘルパーさんがまたもや入れなくなったという突然の連絡だ。訪問介護サービスの事業所には、かなり早くから八月の予定表を提出していた。

頭の中は真っ白。わたしの仕事の予定を今更変えることはできない。

以前にも何度かそういったことがあった。

「事業所はたくさんあるんだから、替えればいいのよ。うちなんか十回以上替えてる」。

そう言う友人もいるが、できれば慣れたひとにお願いしたい。

新しいヘルパーさんに母が慣れるのに、どれくらいの期間が必要なのか。正確なところは、わたしにもわからない。母はそれを言葉で表すことができないからだ。が、表情を見ていると、ああ、慣れてきたな、となんとなくわかる。硬い表情が続くときは、ま

ーだだよ、である。

不思議なことに、穏やかないいかただな、とわたしが思うひとには、母もまた穏やかな安心しきった表情で接している。「また、一から始めなくてはならない」ことへのシンドサも考えると、できるだけ替えたくはない。家を長時間空けることも多いわたし自身もまた、新しいヘルパーさんの仕事のリズムを摑むまでに時間がかかる。

慣れないうちは、外に出ていると三十分置きに電話がしたくなる。

いまはきっと身体を拭いている時間だろう。脇を支えながら背中を拭いているときに、電話のベルを鳴らしたら、ヘルパーさんは慌てるのではないか。慌てて、腎ろうの管を手にひっかけたりしたら、事故になる等々。一本の電話をかけるにも気を揉んでしまう。

利用者の勝手で、ヘルパーさんが困惑するようなことも多々あるだろう。が、わが家の場合は、少々の我慢は、「利用者負担」と覚悟してきた。

しかしなあ、急に行けないと言われても……。事業所には代行を立てる必要があると思うが、無念なことに利用者は受け身にならざるを得ない場合がある。しかしなあ、と溜息をつくわたしの横で、母は穏やかに寝息をたてている。

独り暮らしの、身体が不自由な高齢者のもとに、前もって約束していた日に急にヘルパーさんが入れない、派遣できないとなったとき、食事はどうする？　その他もろもろ

の用事は？

そして、そのときの高齢者の肉体的精神的ストレスは？　それすら利用者負担なのだろうか？

自治体の介護保険のセクションには苦情係も設けられているが、「地区によってさまざまでしょうが、埒(らち)はあかないし、話した分だけ疲れた」。そんな嘆きの声も一方にはある。

この八月

母が眠っている。無心に無心に眠っている。

その人生に苦しみも葛藤も貧困もなにもなかったかのように、母は無心に眠る。六十一回目の終戦記念日がやってくることも知らずに、母は眠る、眠る。あの頃、決して身につけることはできなかった柔らかなピンクの寝間着に守られるように、母は眠る。

栃木の街で生後七カ月のわたしをおぶったか抱いたかして、終戦の日を迎えた母。その母の背か腕の中で、何も知らずに眠っていた赤んぼうのように、母は眠る。

今年の二月に亡くなった詩人茨木（いばらぎ）のり子さんのあまりにも有名な詩、「わたしが一番きれいだったとき」を、母のベッドサイドで小さな声で読んでみる。

「わたしが一番きれいだったとき」で始まる各節には、次のような言葉がある。「わたしが一番きれいだったとき／まわりの人達が沢山死んだ／工場で　海で　名もない島

で」「わたしが一番きれいだったとき／わたしの国は戦争で負けた」

茨木さんと母はほぼ同世代である。その頃、栄養失調でお乳が出なくなった母は、「きれいだった」ろうか。たまに配給されるひと缶のミルクを探し求めて、炎天下を歩き続けた母は「きれいだった」ろうか。眠る母の、艶やかな頰(ほお)を見ながら、わたしは思う。

二十世紀の幕が下りたとき、わたしたちは戦争の世紀も終わったと信じた。心をこめて、そう信じた。けれど二十一世紀は平和の世紀になろうとしているだろうか。いや、むしろ……。

茨木のり子さんとやはり同時代の詩人、石垣(いしがき)りんさんは、「弔詞」と名づけた詩の中で次のように記されている。

……たとえば海老原寿美子さん。長身で陽気な若い女性。一九四五年三月十日の大空襲に、母親と抱き合って、ドブの中で死んでいた、私の仲間。……

「職場新聞に掲載された一〇五名の戦没者名簿に寄せて」という副題がついた、この作品の中で、石垣さんはさらに記しておられる。

……戦争の記憶が遠ざかるとき、／戦争がまた／私たちに近づく。／そうでなければ良い。……と。

一〇五名の中のおひとり、海老原寿美子さんもまた、母と同世代の、当時の若い女性のひとりであったはずだ。機銃掃射にやられながら、大きなおなかで肥溜め（こえだめ）に飛びこんで助かったあの日の母は生き延びて、いまオムツの中に排泄（はいせつ）をし、それでも涼しげな顔をして眠っている。

敬愛する石垣りんさんの作品の中でしか知らない海老原寿美子さん。わたしはあなたの名を呼んでみる。

そうして、同じような戦争の日々を生きた母を見守ることと、元気だった頃の母の言葉、「二度と、二度と戦争はごめんだ」を抱きしめて、わたしはわたしの八月を生きる。

この閉塞（へいそく）的な季節と時代の中で。

絵本タイム

2007年

深夜零時十分。窓辺のヒヤシンスが甘く香る。明日は久しぶりにお休みだ。さあて、こんな夜は「お待ちどおさま」。母とわたしの絵本タイムの始まりだ。

一冊の絵本を母に読んで聞かせるのに、さほど時間はかからないが、気持ちにゆとりがないとそんな気分にはなかなかなれない。

母への子守唄はＣＤやＭＤにかわってもらう。気分が急いでいると、読み方もなんとなくせわしくなる。といった案配で、今夜は希有なる絵本日和。

好きな絵本を数冊小脇に抱えて、すでにパジャマに着替えたわたしは、母のベッドサイドに椅子を寄せる。そうして、母のベッドの背を少しアップして、彼女の顔の前で絵本をひらく。

タイトルを読み、作者を読み上げ、表紙を眺める時間もたっぷりとる。それから、表紙を開いて、ゆっくりとストーリーの世界に入っていく。

こんな習慣が母とわたしにできてから、何年がたつだろう。

「絵本って、子どもだけのものじゃないのね」

元気だった頃、母はわたしの書棚から気に入った絵本を抜き出しては読んでいた。

「絵本って、文字だけじゃなくて、絵を読む楽しみもあるのね」。そんな風にも言っていた。

母が倒れてしばらくの間は、そんな余裕もなかったが、何度目かの短期入院をしたとき、母のお気に入りの一冊、捨てられた犬の孤独な彷徨（ほうこう）を描いたガブリエル・バンサンの『アンジュール』（BL出版刊）を病室で読んだことがあった。

文字のない絵本で、読むたびにわたしの言葉も変わるのだったが。以来、母とわたしはずいぶんたくさんの絵本を読んできた。自分の手で絵本をもつことができなくなってからは、声にして読むのも頁をめくるのも、わたしの役目となった。

一方、大好きな本なのに、どうしても母との絵本タイムには登場させられない本もある。たとえばスーザン・バーレイの『わすれられない　おくりもの』（小川仁央訳、評論社刊）。死を描いた作品だ。

森の仲間から慕われた一匹の年老いたアナグマの最後の日々と、その死が遺（のこ）していってくれたものを美しく深く描いた絵本である。

「長いトンネルの　むこうに行くよ　さようなら　アナグマより」

アナグマはそんな手紙を森の仲間たちに遺して逝った。

その年はじめての雪が森に降り積もっても、アナグマを失った悲しみまでは覆えなかった。しかし、長い長い冬が終わる頃、森の仲間たちはアナグマから教わったことを語り合えるようになった。モグラはハサミの使いかたを、キツネはネクタイの結びかたを、といったように。そして最後の雪が森から消える頃、アナグマの話をするたびに、「だれかがいつも、楽しい思い出を、話すことができるように、なったのです」。

この絵本をひとりで開くたび、わたしは赤くなった鼻の頭が元に戻るのを待ってしか、母の部屋には入れない。

「ような」の一瞬

朝六時十五分。曇り空の火曜日だ。人肌程度に温めた三〇〇ccの経管栄養をビニール製のパックに入れて、母の胃ろうのチューブにセットする。

朝一番の血圧を測ったときには一瞬目を開けた母は、「なにをしてるの？」といった柔らかな表情をした。

「お母さん、お・は・よ。でも、まだ早いのよ。眠っていいよ」。そう言うと、母はかすかに頷(うなず)き、それから赤ちゃんのような大きなあくびをひとつして、またうとうとしはじめた。

あごが外れるのではないかと不安になるほどの、大あくびである。無防備で安心しきったあくびだ。それが、わたしには嬉しい。

八十四年の人生で、母はどれほど無防備な季節を過ごすことができただろう。ものごころついたときに、最愛の父（わたしからすれば祖父）を失い、その時点で「わたしの

子ども時代は終わった」と言っていた彼女である。

青春時代は戦争の中にあった。そうして、わたしの父親にあたるひととの出会い。戦時下での短か過ぎる恋の時。未婚での出産。それからそれから……。「無防備」を楽しむ時空など、母にはほとんどなかったのではないだろうか。

だから、誰に遠慮がいるもんか、といった風に母がする大あくびが、わたしには嬉しい。

六時三十分。このまま母の「うとうと」は続きそうだ。三〇〇ccの高カロリーの液体を一時間に約一〇〇cc落ちるようにセットしたから、これから約三時間は、わたしの午前中の仕事タイムになる。朝のこの時間帯は、いつも幾つかの連載の原稿を書くことにしている。

今日はお昼から外での仕事だから、どうしても朝のこの三時間で終えなくては。

コーヒーをいれて、母の部屋の斜め向かいにある仕事部屋のドアを開け放したまま、机に向かったのが六時四十分。まずはひとくちコーヒーを飲んで、頭を仕事モードに切り替えようとして、あ、忘れていた。朝一番に測った血圧や体温、脈などを連絡ノートに書かなくちゃ。お昼の薬も用意しておかなくちゃ。うとうとが続いている母のベッドサイドの小さなテーブルで、数値を記入してから、さらに書き加えた。

……経管栄養を始める瞬間、母、一瞬目を開きました。それから赤ちゃんみたいに大あくびをして、またうとうとし始めました。うとうとに入る一瞬、母はわたしを見て、柔らかく笑ったような……、と。

確かに目尻に僅(わず)かに笑い皺(じわ)が刻まれたし、口角もほんとに僅かに上がった「ような」この一瞬。それが、朝の仕事時間の、わたしの原動力であり応援歌でもある。残り時間は二時間半。さ、急がなくては。

怒髪

あ、母が目を覚ましてしまった。

午前五時四十五分。ベランダのガラス戸を開け放ち、パリッとした気持ちのいい早朝の大気の中で伸びをしてから、さ、朝一番のバイタル測定である。血圧、体温、血中酸素。それから注意深く丁寧にしたつもりだったが、体温計を脇にはさんだ瞬間、母はぽっかりと目を開けてしまったのだった。

眠りを破ってしまってごめんね、という気持ちの半面、今朝もまた「目を覚ましてくれた」ことが全く単純に嬉しい。

「お母さん、お・は・よ」。そう囁(ささや)くわたしを、母は真っすぐに見た。視線にぶれがない。赤ちゃんや幼い子どものそれに似ている。

不思議なものがあれば、目を逸(そ)らすことなく、ずうっと見ているあの視線、まじまじ、である。その上、母はなんとなく不思議そうな表情で、わたしを見ている。

「お母さん、わたし、どっか変？　そんなに見つめて。照れるぞ」

何か顔についているのかなあ。わたしはベッドサイドの鏡を覗く。何も変わりはない。加齢からの贈り物、疲労とたるみとくすみを刻んだ寝起きの顔が、そこには映っているだけだ。鏡は正直である。

「あ、そうか」。思い当たった。昨夕、わたしは久しぶりに美容院に行ったのだ。そうして、「怒髪パーマ」（と勝手に呼んでいる）をかけてきたのだ。仕事と介護の日々の中、二時間の捻出はなかなかできない。

それにしても、怒髪天を衝くような出来事が多すぎる。「消えた年金」もそうだし、規模は違っても、たぶんコムスンだけではないであろう介護にまつわる不正やトラブルもまた、わたしの怒髪をさらに天に近づける。

高齢者がどんな意味においても「自分であること」を削ぎ落としていかなければならない社会は、結局はどの年代にとっても望ましい社会ではないはずだ。

パンクロッカーやサッカー選手などに見かけるドレッド風のこの怒髪。「ぼさぼさ」がむしろ決め手のスタイルだから、とてもらく。「過激」なところも気に入っている。

母の視線も確かにわたしの髪のあたりにとまっている。不思議そうな表情の原因はこの怒髪にあったのだ。

「そうよ、お母さん。お母さんたちを追い詰める社会や時代とは非力ながら、ワタシ、闘うことを誓いまーす！　ね、まだ少し眠っていいよ」

そう母に言うと、口角をかすかにあげて一瞬微笑(ほほえ)んでから、「あごが外れちゃう」ほど大きなあくびをひとつして、母はまた目を閉じ、ゆるやかに眠りに入っていった。

五月に蒔いた朝顔、夕顔ともに蔓(つる)を伸ばす六月の早朝のこと。

どうかご無事で

ジョキ、ジョキッ。祖母を自宅で介護していた頃、母が祖母の床の裾ではさみを使っていた夜があった。祖母を見送ったあとも祖母がいた部屋からは、裁ちばさみを使う音がさらに頻繁になった。

病院や施設などで、身体を拭くとき、使いやすい素材の布を集めては同じ大きさに切り揃えるささやかな活動を、母は祖母が健在な頃から同世代のかたがたとご一緒していたようだ。もっと本格的にやりたいと言っていた矢先に、母自身が体調を崩し、ボランティアに誘ってくださった友人も亡くなられてしまった。

気落ちする母をなんとか元気づけたいと、一緒に頁を繰っていた本の一冊に、野の花の図鑑もある。春のタンポポから始まる図鑑の夏の項を開くと、互いに「きれいだねえ」、「咲いているところを見たいな」と言い合ったカラスウリの花の写真がある。

楕円形の橙色の実はわたしも知っているが、花を実際に見たことはない。夏の夜、暗

くなってから咲き、翌朝にはしぼんでしまう写真の中の白いレース状の花は、それは繊細で美しい。

「子どもの頃に見ているはずだけど」と、母は言っていた。

二度目の緊急入院をした頃にも、病室でこの図鑑を開いたものだった。母の記憶がまだ充分に鮮明で、言葉も明快であった頃だった。

郷里では、夏の夜になれば珍しい花ではない。旧盆の頃にお墓参りも兼ねて、花を見に行こう……。母はそうも言っていた。その墓参の中には、わたしの父に当たるひと、母がその一生で愛した、たったひとりの（であるらしい）男性のお墓へのお参りも含まれていたはずだ。

それも実現しないまま、母が介護を必要とするようになって七回目の新しい夏を迎えてしまった。……

と、ここまで書いたところで、新潟・長野地方での地震の速報が。なんということか。三年前にも大きな被害にあったばかりなのに。特にひとり暮らしのお年寄りが心配だ。倒壊した家屋の下敷きになってはいないか。行方不明のかたはほかにおられないか。それに気づかないまま、時がたってしまわないか。また、新潟に少なくない原子力発電所の安全性は？　隠していることはないか？　と気になることばかり。この原稿が掲載さ

れる頃にはもっといろいろなことが明らかになっているだろうが。

お年寄りは「災害弱者」と呼ばれる場合が多い。が、その背景を注意深く見ていくと、格差社会が生み出す「災害」そのものも、そこには含まれているケースが多い。政治が、福祉が、社会が時代が、「弱者」をつくるのである。

どうかご無事で、と母のベッドサイドで思わず手を合わせる。母の介護をするようになってから、「祈る」ことが多くなった。

P・S　この文章が新聞にのったあと、カラスウリの花を探してくださったかた、咲いている写真を何枚も贈ってくださった方々がいらっしゃる。庭にあったのに掘り返してしまったのが残念です、という手紙も大事にとってある。ありがとうございます、泣けてしまった。

白い日傘、若い母

真夏の真昼時。まだ若い母が、白い日傘をさして歩いている。遠い昔、郷里の坂道だった……。突然といった感じで、そんな記憶が甦(よみがえ)った。

母の部屋に面したベランダの外、サンパラソルという名の蔓(つる)性の白い花が風に揺れている様子をぼんやり見ていたときだった。

あの夏、母は幾つだったのだろう。白い日傘は、あの頃母がもっていた唯一の贅沢(ぜいたく)品だったのではないだろうか。背筋も膝(ひざ)もすっと伸ばして歩いている母は、小柄ながら背が高く見える。

記憶の中の夏の光景には音がない。若い母はたぶん降り注ぐ蟬(せみ)しぐれの中を歩いていたのだろうが。

在宅医療の主治医と話し合った。どれもが急を要し、決断しなければならないことだった。

この二年弱、それは丁寧に母とつきあってきてくれた在宅医療の若い医師は、ひとつの予感に激しく動揺するわたしの感情と向かい合ってくれた。

血圧がどうしてもあがらない。利尿剤を点滴に入れても、尿の出が思わしくない。呼吸に乱れが見られる。脈もまた。わたしはここ数日、母の傍らにいる。

緊急入院という方法もある。しかし、緊急に大きな病院に入院して、何が変わるのだろう。むしろ、数日間の延命のための機械が母の傍らに据えられ、母とわたしの間を遮るだけだろう。彼は言った。わたしもそう考える。

介護を必要とするようになって、およそ七年。大きな波が母の小さな身体を飲み込みそうになるたびに、母は見事に乗り越えてきてくれた。

「お母さんは、ここに、いるよ」

波を乗り越えるたびに、母は存在そのもので、わたしに囁き続けてくれた。わたしが母に話しかける以上に、母は声のない声で、存在で、娘に絶えず話しかけ続けてくれた。

数日間の延命のための機械や器具に、七年の間、母とわたしの間に確かにあった空気の流れを遮らせてはならない。

「いえで、ここで」。わたしは言っていた。

大きな病院への緊急入院。医師も看護師さんも、いつだって小走りだった。聞きたい

ことがあっても、いつ、その機会を捉えるかに心砕くしかなかった。それだけでくたくたになった。いつもその繰り返しだった。

いま母とわたしの目の前に残された時空を、あの「前のめり」の中には決して置きたくない。

「ぼくがお母さまなら、ぼくも、同じことを望むと思います」

これらの会話を、彼とわたしはリビングルームで交わした。

彼の鼻の頭が赤くなり、目が潤んだ。彼が泣いている、泣いてくれている！　テーブルの上には幾つものわたしの涙が、丸い形から楕円になったり、崩れたりしていた。

「できるだけ穏やかに……。努力します。いつでもご連絡ください」

わたしは母の傍らに戻った。

郷里の白い坂道を、白い日傘をさした若い母が行くのが見える。

今度こそ

「お母さん、待ってて。お願い、待っててね」

その手を握り、その朝、わたしは母の耳元で何度も囁(ささや)いた。それから外出の支度(したく)をはじめた。

外では、「いつも通り」を通したかった。愛するひとの介護で身心ともに疲れきっているひとが大勢いる。みな必死に違いない。その誰かに、母の状態を伝えるのは、いけないことのように思えた。

口紅などつけなくてもいいのに、つけた。はみ出した。ワイドパンツをはこうとして、片方に両足を何度も通した。そのたびに転んだ。

ここ数日、変えられる予定は変えてきた。七年近くの母との深い日々が、わたしがいないときに幕を閉じてしまうのは、たまらなかった。それでも一方では在宅医療の若い医師の言葉があった。

「すべてが、お母さまのご意思、選択で決まると考えましょう」

　延命のための処置はしない、在宅で見送りたい、すべてを母の自力呼吸に任せる……。そう決断したとき、彼は目を潤ませてそう言ったのだ。

　そうなのだ、母に任せると決めたのだ。胃ろうも腎ろうの手術も、導尿の処置も、認知症の母自身には選択できないまま、わたしが決めてきた。決めるしかなかった。今度は、いや、今度こそ、母の選択に任せなくては。

　その日、母は待っていてくれた。娘の帰りを待つことを母は選択してくれた。手を握ったまま、夜が明けた。新しい朝がやってきていた。早朝から時折り、あごの呼吸がまじり始めていた。

　在宅医療の若い医師は一両日中と言っていた（たぶん気を遣ってくださったのだろう）が、母が逝くのは今日だ、と、わたしはなぜか確信していた。

「お母さん、あなたの娘で、わたし、ほんとによかった。誇りに思うよ、尊敬してるよ。そして、誰よりも愛してる」

　母の額に唇を当てて、直訳したような日本語で、わたしは話し続けた。

　朝の大気を啄むように鳥が鳴いている。わたしの声に、母が目を開けようとした。が、うまくいかない。

「わたし、ここに、いるよ」。脈が乱れ始めた。母の肩を抱いて話し続けた。

「いいよ、お母さん、これ以上、頑張らなくてもいい。大好きなひとたちがいるところにいっていいよ。わたしは大丈夫。七年も、そばにいられたんだもの。ありがとう」

いつもの母の部屋だった。朝のテーマ曲と決めている、アイルランドのエンヤの曲もいつも通り流れていた。なにひとついつもと違うことはなかった。

「彼に会ったら今度こそ一緒に暮らしなさい。……よかったら、も一度わたしを産むかい？」

事情があって結婚はできなかったが、母がその一生で唯(ただ)一度愛した、唯ひとりの男性、わたしの父であるひとのことも言えた。

こうして母は逝った。

翌朝、母の部屋のベランダに、冬から早春にかけて咲く、淡い緑色の縁取りのあるクリスマスローズが二輪寄り添うようにして咲いているのを見つけた。

溢れる花に囲まれて

花が溢れている。絶え間なく音楽が流れている。

花も音楽も、母が愛したものだけを選んだ。

みんな泣いていた。

「密葬にします」

そう決めた。決めてしまえば、当然なことのように思えた。

新聞の訃報も辞退した。母はあくまでも個人的な存在であり、そうあることにささやかな誇りをもち続けたひとだった。

どう生きたか、どんな最期を迎えるか。そしてどのように見送られるかは、一本の線で結びたい……。そう考えた。

白と薄紫の八重咲きのトルコキキョウ。母の郷里の里山に咲いていた記憶がある淡いピンクの笹百合。ほのかに緑を含んだ白いイングリッシュローズ。カサブランカ、それ

から……。花も決まった。

母は、結局一度も袖を通すことのなかった淡い紫とピンクのあや織りのスーツを着て、いつものベッドに仰臥(ぎょうが)している。

「どこに出かけるの？　お母さん、そんなにおめかしして」

普段わたしが使っている化粧品で、メイクもわたしがした。

「お母さん、こんなにきれいだったんだ、どうして隠してたの？」

娘は泣きながら、笑った。

長い間、強迫神経症に苦しんだ過去がある。それからようやく解放された途端、パーキンソン病とアルツハイマー病が発症し、それからそれから……。

しかし、この七年近く、母の表情は、ほかのどの時よりも、穏やかだったような気がする。不要なものはすべて削(そ)ぎ落とし、静かで深く美しいことやものだけを自分の内側に降り積もらせてきた……。そんな感じの表情だった。

母が愛し、母を愛してくれたひとの、温かで率直な会話と美味しい料理、そして花と音楽。それが、わたしが望む儀式のすべてだった。

娘の人生と自分のそれを鮮やかに切り離して距離を置いてきた母も、そのほうが心安らかだろう。

こうして、縁者が集まった。気が滅入るような苦労も多々あったはずだったが、組んだ両手の指先に、白い七分咲きのバラをもった母はとても解放感に溢れた顔をしている。

母の庭で、母が大事に育てていたのとよく似たバラを、友人がもってきてくれたのだ。

リビングルームに、祭壇がしつらえられた。

「こういうのがいいねえ。わたしのときも、これにしよう」

泣き腫らした顔で、親類の高齢者が言った。

「ね、わたしのときもこうして。決めたからね」

誰かがまた言った。

縁起でもないことを、と咎めるものはひとりもなく、それぞれの同行者が「うん、わかった、覚えとくよ」と頷いている。

その声に、棺の中の母がほのかに頷き、笑ったように見えて、わたしは慌てて目をこする。

いないという事実

毎朝、五時すぎには目が覚めてしまう。

母を介護していたおよそ七年の間、アラームをセットした時計をベッドサイドに幾つも置いた日もあったのに、いまは自然に起きてしまう。

朝は辛(つら)い。母がいないという事実を改めて思い知らされるからだ。

薬の準備、器具の煮沸等に、キッチンと母の部屋を小走りに往復するあの時間が消えた。

夜が辛い。眠りに入るまで見つめていた、タオルケットの下に確かにあったふくらみが、いまはもうない。その事実が、たとえようもなく淋(さび)しい。

母の呼吸でかすかに上下しているタオルケット。その動きが止まったように思えて、反射的に起き上がり、覗(のぞ)き込んで確かめる必要ももうない。確認できた安堵感に、「も、お母さんったら」と額を人さし指で軽くつつくこともできない。

外の仕事が多かった昼間。携帯電話が母とわたしを繋いでくれていた。ヘルパーさんらの仕事を中断しないように、時間を見計らいつつ、母の部屋に電話をする。たまたま受話器がとられるのが遅いと、不吉なことばかり頭に浮かべた。汗をかくほど受話器をぎゅっと耳に押し当てた新幹線のデッキ。カーブでよろめいたお年寄りに、電話を肩に挟んで慌てて手を貸す。その薄い身体を両手で受け止めた瞬間、そこにはいない母を支えているような充実感があった。

疲れは確かに執拗な持病のように降り積もっていた。それでも母の穏やかな表情が、ここにいる、という存在が、睡眠不足を補い、疲れを張りと意欲に変えてくれた。

そうだった。わたしが母を受け止めていたのではないのだ。母の存在が、わたしを受け止めていてくれたのだ……。

家のどこにいてもすぐに母のところに最短で直行できるように、部屋という部屋のドアを開け放しておく必要もなくなった。

それでもいまもわたしは、仕事部屋と母の部屋しか使っていない。自分のベッドに寝ないで、最近では母のベッドに寝ている。どこかにあるはずの母の気配を探して。

入浴するとき、浴室のドアを開け放しておく癖も消えていない。浴室に肩のこらない本などもち込んで、いまはゆったり半身浴もできるようになったのだ。しかし相変わら

ずカラスの行水を続けている。

わたしの内に母がいるのだが、わたしの外には母はいない。その事実が、わたしを打ちのめす。

ひとはどうやって、最愛のひとを失った事実を受け入れていくのだろう。

母の部屋の、母のベッドに母がいて、そのことを軸に、わたしの二十四時間が回っていた日々を、あの大変な、しかしこの上なく、いとおしくも張りのある日々を、わたしは永遠に失ったままなのだろうか。

自由の淋しさ

検眼のために眼科に行った。歯科にも行かなくてはならない。

介護が続いたおよそ七年の間、わたしはわたしが倒れることを恐れながら、けれど放置しておいたパーツが幾つかある。通院する余裕がなかった。時間的なそれというより、精神的な余裕だったのかもしれない。

母に急な変化がいつ起きるともわからず、予約をすると迷惑をかけてしまう可能性もあった。二本の歯が虫食いになっていることは知ってはいたが、これもほっておいた。眼鏡も作り直さなければならなかったが、度が合わなくなり始めたものをかけて、その結果の頭痛と肩こりを受け入れていた。

いまでは、自分の仕事のスケジュールだけを考えれば、いつでも自由に予約ができる。病院に限らず、美容院も同様だ。

母を見送って、「予約の自由」を手にしたようだ。その自由さが、わたしをこのうえ

なく淋しくさせる。落ち込ませる。

妙な言い方だが「病気になる自由」も手に入れることができたようだ。母がいたときは、倒れるのがこわかった。ある部分では無理をしながら、けれど、これ以上は無理できないという無意識の限度のようなものを設けていた。が、いまは違う。「今度は自分の健康を第一に」と、友人たちや読者のかたからもありがたい言葉をいただいているのだが、どこかで「も、いっか」と少々自棄になっているわたしがいる。テレビでは、福田新内閣の顔ぶれが報じられている。

わたしが望む政治とはとても単純なことだ。母に話しかけたのと同じように、平易な言葉にすると、次のようになる。

子どもが「自分が生まれてきてよかった」と思える社会である。お年寄りが「長生きしてよかった」と思える時代である。若い人たちが、どんなに辛くとも、努力をすれば報われるという、まっとうな「夢」を抱くことのできる社会であり時代であり、制度の整備でもある。

格差は深まり、充分に入院することもできないひともいる。「ワーキングプア」は増加し、年間三万人以上が、かけがえのない個人史をもった人が、自らのいのちを絶つ時代である。

病院の廊下で、車椅子の父親に付き添った女性からお声をかけられた。

「読んでいますよ。どうかご自愛ください」

こういったとき、わたしは上手に応えられない。しどろもどろになりながら、同じ言葉を返した瞬間、涙が頬を伝った。たぶんわたしと同世代のその女性もまた、目を潤ませておられた。

「あなた」に、そうして介護を続けるそれぞれのかたに、心からお伝えしたい。どうか、どうかご自愛ください、と。そうして、もっと人間が大事にされる社会と時代をご一緒につくっていきましょう、と。

P・S　ワーキングプアと呼ばれる人々は二〇〇七年当時は三万人超。二〇一二年以降は二万人台となっているが、非正規雇用の問題をはじめ、労働環境は改善されていない。

ふるさとの花

新しい秋がやってきた。母の部屋のベランダでは、名残の夏の花がまだ花盛りだ。朝には深い藍色の朝顔が咲いてくれる。アーリーヘブンリーブルーという種類で、秋が深まるにつれて、その透き通るような藍色をより深くしてくれる。

夏の間は花を休んでいたイングリッシュラベンダーも薄い紫の花穂をつけ出した。母の好きな、ほのかに銀色を含んだ薄紫色の花穂である。

夕暮れになると、今度は夕顔がぽっかりと白い花を開く。母が生まれてから二十数年間を過ごした郷里で、この季節、咲いている花だ。母に見せたくて、この五月に種子を蒔いたのだ。

母の部屋のベランダで母の寝息を背中で確かめながら夜半に種子を蒔き、小さな苗を植え広げした日々の充実は、わたしから消えてしまった。

夕暮れ時に家にいる日は、薄い闇の中にくっきりとその形を刻む夕顔の花を、ただた

だぼーっと見ているわたしがいる。

日常の中のすべてが、母へと繋がる。お茶を飲んでも、コーヒーをいれても、秋刀魚を焼きながら大根をおろしても。そういえば洗濯の回数が減った。母がいてくれたときは毎日洗濯をしていた。日に何度もということもあった。量も多かった。乾燥機を使うより、日向に干したくて、晴れた日はそれだけで嬉しかった。いまでは二日か三日に一度、洗濯機を回せばいい。

季節ごとに増えていった母の寝間着が風に舞うのを見ることもなくなった。脱ぎ着がしやすいように伸縮性がある前あきで、かつ楽しいものをと探し回る喜びも消えた。

ここ数週間、明日は一日中家で仕事という日を待ち望むわたしがいる。思いっきり泣けるから。

どんなに泣いてもいいのだという夜、妙な言い方だが、わたしは幸福感に似たような感覚に捉われる。どんなに瞼を腫らしてもかまいやしない。

「お母さんが、いない。いない」。そう呟きながら、手放しで泣く。どうしよう、どうしよう、と泣く。

明日は朝から人に会うとなると、前夜は涙をせき止めることができる。涙をせき止めることができてしまう自分を憎む。

母のベッドサイドには、母がいつも握っていたガーゼの小さな人形やお手玉がそのままにしてある。指の関節が曲がるのを遅らせるために、握ってもらっていたものだ。幾つかは、母にもっていってもらった。けれど、その瞬間まで、紛れもなく母自身の指がぎゅっと握りしめていた幾つかは、残しておいた。

充分に泣ける夜は、それらをわたしが手に握り、母の気配を探して、匂いをかいだりしている。

水色のベビー服を着た小さな人形のガーゼの顔は、四年前の誕生日に皆に囲まれ、バースデイケーキを前にほのかに笑っている母の顔にとてもよく似ている。

揚げ羽蝶が

今朝からずっと揚げ羽蝶が、母の部屋のベランダで舞っている。かなり大ぶりで、ガラス戸すれすれに飛んでは、時折その身を軽くぶつけるようにしている。黒い羽の縁に鮮やかなブルーの線が入った蝶だ。

母の部屋に繋(つな)がるベランダでは、名残の夏の花と、秋の花が入り乱れて咲いている。一時期、わたしは水遣りだけをして、花の手入れはさぼっていた。母を喜ばせたくて、次々にその季節に咲いてくれる花を集め、手入れする作業に、意欲を失っていた。今月のメインカラーはオレンジと黄色、アクセントには紫と白の花をといった具合に、あれこれ迷う楽しみも完全に放棄していた。

今月になって、ようやく花の手入れが、わたしの日常に戻りつつある。

切り戻しをしなかったペチュニアやインパチェンス、日々草は伸び放題。幾つものプランターには、見知らぬ草が生い茂っていた。なによりも毎朝、「ね、お母さん、見て、

見て」と弾んだ声で呼びかけるひとがいなくなってしまったことが、わたしを怠慢にさせていたのだろう。

季節がすこし落ち着いて、本格的な秋を実感し、猛暑の間は休んでいたフレンチラベンダーが花穂(かすい)をつけ始めた頃……。わたしも花の手入れを再開した。少しだけ、ほんの少しだけ「柔らかな悲しみ」が占める分量が、わたしの心に増え始めた頃と一致している。

母の部屋のベランダは、やはり花盛りにしておきたい。そんな思いが再び、頭をもたげ始めたようだ。

ビオラをはじめ今年の冬から来春にかけて咲いてくれる花の種子(たね)も、一日がかりで蒔き終えた。

母のベランダではいま、母が亡くなった日からずっと漏斗(じょうご)形の純白の花を次々につけてくれるサンパラソルが、真夏の勢いほどではないが、花をつけてくれている。この花だけは冬越しをさせたくて、植物に詳しい友人に言ったら、冬越しの方法が送られてきた。喜びながら淋(さび)しい。数年前、母を喜ばせた深い紫の野ボタンも、この秋、見事な花をつけている。

「お母さん、今朝も花盛りだよ」。久しぶりに母に花の話をした。

揚げ羽蝶はまだ飛んでいる。水遣りをし、蔓をからませたり枯れた葉をとっているわたしの肩のあたりをやさしく掠るように蝶は飛び続ける。

「逝ったひとは、愛したひとの近くに、虫や小動物に姿を変えて現れることがあるんだって」

やはり母親を見送った友人の言葉を思い出し、蝶の行方を目で追いながら、わたしは外出支度をする。

間もなく母が逝った時間になる。こんなときなのだ、今日は家にいたい、母のそばにいたいと烈しく思うのは。

思い出もツリーに

ずいぶん気温が低くなった。夜明けが遅くなり、夕暮れが早くなった。

母がいたころは、温度計や湿度計の目盛りに細心の注意を払い、上掛けを一枚増やしたりとったり、寝間着を薄いものから厚手のものへ、はたまた薄手に、と日に何度も着替えたこともあった。いまでは温度計も湿度計も置いてあるだけ。

湿度の少ない日は加湿器を使った。十一月に入るとそういう日が多くなる。それだけでは心もとないと、電磁調理器のお出ましだった。水を張った鍋をのせ盛大に湯気を出した。ベランダに面したガラス戸がすぐに曇って、せっかく貼（は）ったクリスマスオーナメント（装飾）が剝（は）がれたりした。

そうだった。クリスマスシーズンが始まっていたのだ、今年もすでに。

母の部屋の飾りも、今年はしていない。相変わらずわたしは、母の部屋の母のベッドで寝ているのだが。お仏壇の横に白を基調とした母が好きだった花はいっぱい飾ってあ

るのだが、クリスマスの気配はない。

よし！　やはり今年もクリスマスの飾りつけをすることにしよう。

数年前、昼夜逆転した母と一緒にツリーに金や銀やバラ色のボールやガラス細工を飾った。ひとつのボールを枝に吊すだけで、車椅子の母は十五分も二十分もかかった。が、ふたりで、ビング・クロスビーの『ホワイトクリスマス』をはじめ、定番のクリスマスソングを流しながら飾りつけをするのは楽しかった。

次の年には、一個のボールを吊すのに、母はもっと多くの時間を要するようになり……。

その次の次の年には、わたしひとりで飾りつけをして、母の部屋に飾った。

「ね、お母さん、見て」。新しいオーナメントを毎年買い足しても、珍しいものを見つけると、旅先で買いこんで一緒に帰京、といった風だった。

今年もやはりクリスマスの飾りだけはしよう、と心に決める午前二時。

母がまだ若く、わたしが小学生だったクリスマス。東京での暮らしは、小さなアパートから始まった。三畳か四畳半一間の部屋だった。緑色のモールに、銀紙や金紙で象った星を下げて、アパートの古びた天井から吊したものだった。箪笥の上の古いラジオから流れていたのも、やっぱり『ホワイトクリスマス』だったような記憶がある。

勤めから帰って疲れていたはずの母が、わたしを喜ばせようと椅子の上で背伸びをし、

天井のモールと格闘していた遠い日々。今夜はあの頃に帰ろう。明日は朝から東京を離れるが、新幹線の中で眠ればいい。母を見送ってから、手紙やメールやファックスで、あるいは、街角で不意に声をかけられ、いろいろなかたから贈られた、このうえなく深く優しい言葉もツリーに飾るつもりで。

いとしい人

師走である。

相変わらずばたばたと走り回っている。「ばたばた」はいつものことなのだが、いつもよりさらに「ばたばた」している。忙しくすることで、何かから目を逸(そ)らそうとしているのかもしれない。何から？　わかっている。母がいない、という事実から、である。ぼーっとしていても、「ばたばた」していても、事実は心の隙間(すきま)にするりと忍び込み、わたしを打ちのめす。

四時間だけ、生まれ故郷に行ってきた。東京駅からいまでは新幹線でおよそ五十分。母が幼いわたしを伴い、新しい暮らしを夢見て上京した五十数年前は、郷里と東京は上野駅で結ばれていた。具体的に結んでくれた乗り物は、黒い煙をもくもくと吐く蒸気機関車だった。

時計を確かめながら郷里の駅から向かったのは、母が戦火の下で青春時代を送り、わたしが生まれた家だった。持ち主も代わり、何度か改修を重ねてはいるが、記憶に近い姿で、家はいまもそこにある。

玄関口のドウダンツツジも、裏庭の柿の木も、そのままである。

この玄関から、母とわたしが人力車に乗って郷里の駅に向かったのはいま頃の季節。霙（みぞれ）が降っていた。

婚姻外でわたしを出産した母は、娘が小学校に入る前に、なんとしてでも郷里を出よう、新しい暮らしを始めようと心に決めたらしい。「いじめ」を心配してのことだったろう。

玄関の前に立つと、まだ若い母が、笑いながら出てくるような気がした。そうだった、苦しいことのほうがはるかに多い人生だったはずだが、記憶の中の母はいつも笑っていた。割烹着の裾で濡れた手を拭きながら、笑っている母。この家でわたしと一緒に育った柴犬のチロもまた、ムクロジのような目を輝かせて、いまにも飛び出してきそうな……。

そうしたら、わたしは言うだろう。

「なーんだ、みんな、ここにいたのか、探していたんだよー。かくれんぼしていたんだ。わたしも入れてよ」

当然ながらしかし、玄関の戸は開かず、いとしい人は現れず、帰京する時間になってしまった。

東京駅で新幹線をおりながら、わたしは再確認する。母は、そしてすでにいないいとしいひとたちは、みんな、「ここ」、わたしの内にいるのだ、と。そのことを再確認するために師走の「ばたばた」を押し切って、わたしは四時間の小旅行を決行したのだ、と。

東京駅から向かった講演会場。自分でも笑ってしまうほど、テンション高く、わたしは「高齢者の居場所」と福祉の拡充について話していた。

シェルター

「恵子の姿が見えないときは、縁の下を捜せ」

郷里で過ごした子ども時代、周囲の大人たちの、それが合言葉だったそうだ。

幼いわたしのシェルターは縁の下だったようだ。悲しいとき、大人の言い分に納得できないとき、幼い異議申し立てのときなどいつも縁の下に避難したという。

言われてみれば、縁の下から見上げた切り取られた空間を、大人の膝から下が忙しなく行き来している情景が浮かんでくる。

縁の下には時々先住がいた。柴犬のチロである。

真夏は特に、犬小屋ではなく、涼しい縁の下に掘った穴が彼の仮住まいだった。チロもまた、飼い主の言い分が理不尽に思えたときなど、この避難所に逃げ込んでいたのだろう。並んで冷たい土の上に腹這い、大人たちの「膝からの下の風景」を何度眺めたことだったろう。

半月ほど前、四時間だけ日常から途中下車して郷里の生家を訪れたとき、縁の下の存在も昔通りか確かめたかった。しかし、現在の住人に、「縁の下にもぐらせてください」とは言えなかった。

いま、わたしのシェルターは母の部屋である。仕事を終えて帰宅し、母の部屋に戻ると、肩や背中の緊張が、なぜだろう、すうっと溶けていく。

わたしがいま、この地球上で唯一帰れるところは、「ここ」だと思えてくる。この家のほかのどの部屋でもなく、「ここ」であるのだ。暖房は切って出たのに、「ここ」はなぜか温かい。もっとも陽当たりのいい部屋を母の部屋にしていたのも確かだが、その暖かさとはまた違う。空気も柔らかい。

わたしの寝室のベッドは相変わらず使われないまま、わたしは母のベッドを使っている。この七年間、母と聴いた曲を流し、眠りの波が押し寄せるのを待つ深夜。わたしがもっとも素直で、「いいひと」に戻れる、それは時空でもあるようだ。

いまわたしのシェルターには、去年も流したクリスマスソングが流れ、ツリーのイルミネーションがガラス戸に反射している。それをぼーっと見ていると、ツリーの横に、母の顔が浮かんだ……。と思ったが、わたしの顔が映っていたのだ。

去年のいま頃は、母へのクリスマスプレゼントを探す時間をどこで捻出（ねんしゅつ）しようかとき

りきりしていたが、今年は、解放されてしまった。それもまたむしょうに淋しい。

外に出ると、「あ、よかったです、もっとうちひしがれているかと想像していましたから」、と言われる。

疲れや悲しいわたしは見せたくはない。母もまた、そうだった。母が鼻歌を歌っているときに限って、仕事先でいやなことがあったのだ、と気づくようになったのは、わたしが大人になってからだったが。

ホリデイ

２００８年

母のいない、初めての年末年始を迎えた。

毎年、看護師さんやヘルパーさんにも食べていただこうと準備したお節料理も、喪中の今年はない。紅白のアマリリスなどと合わせると見事だった松の枝も飾らない。

「数日でも旅行してきたら？　七年間の疲れが溜まっているでしょ？　この間、私的な旅行はできなかったのだから」

周囲にそう勧められたが、また、そうすることも確かに可能になってしまったのだが、わたしには別の、密やかな予定があった。

案じてくれるひとたちをかえって心配させてしまいそうで秘密にしていたが、年末年始の数日間の休みを、どれほど待ち望んでいたことか。

心おきなくたっぷりと、本当にたっぷりと母を想い、涙を流すための休暇にしよう。

わたしはそう決めていた。

母を見送ってから、かなり泣いたはずなのに、それでも、どこかで軽くブレーキを踏みながら、といった感覚がどうしてもあった。

……わたしには最愛のひとがいた。その最愛のひとは逝ってしまった。紛れもないその事実に涙を流すことは、何をもってしても埋められない喪失の確認でありながら一方では……。

妙なもの言いだが、母をわたしの内側に「再獲得」する儀式のようにも思えた。

二〇〇七年の十二月三十一日。わたしは菩提寺に向かった。

陽差しは明るく、風もなく、暖かな午後だった。途中でコートを脱ぐほどの暖かさだった。

空は明るく、野鳥が鳴いていた。カラスウリの実が橙色の灯のように枝にかかる雑木林を抜けると、墓地だった。

そこは光に溢れていた。

近くで赤いセーターを着てチェックのマフラーを巻いた長髪の若者がひとり、墓石をきれいに洗っていた。彼はわたしのほうを見て、かすかに会釈をした。わたしも会釈を返した。見知らぬ同士が、ごく自然に会釈を交わす……。墓地とはそんなところでもあるのかもしれない。それから彼は線香に火を付け、長い間、手を合わせていた。

どなたを亡くしたのだろう。

わたしも彼と同じようにお墓をきれいに洗い、母の好物を供え、花立てに花を飾った。

母がいてくれた頃、この季節、母の部屋によく飾った黄色とオレンジ色の小さな花束を一対、用意してきた。チューリップ、フリージア、ミニバラ等々。

小さな花束は、陽の光を浴びて、光のかけらを集めたように輝いていた。それから、暮れに友人から贈られた清々しい香りの線香に火を付け、手を合わせた。

そして泣いた。

午後早くから、見事な夕焼けの時間まで、わたしはそこにいた。それは静かで、深い時間だった。

ひとつの笑顔のために

母の部屋の外、今年もパンジーやビオラが咲く季節になった。一時中断していた土いじりも再開した。が、それでも去年やその前の年のようには熱中できないわたしがいる。訪ねてくれる友人たちは「わ、きれいにしてるじゃない。また始めたね。も、大丈夫だね」と言ってくれるのだが、わたしは知っている。

花の組み合わせや、色の配列が充分ではないことを。たとえば黄色とオレンジとブルーのビオラの間に白のスウィートアリッサムでも入れれば、もっと素敵（すてき）になるだろう。そう思いながらも「あと、ひと踏ん張り」ができないでいる。意欲が欠けたわたしがいる。

認知症の母に、どこまで理解できたかどうかはわからないが、母が見るのだ、母に見せたい、と思うと、花々の手入れに熱中できた。揺れる花を目で追った母がいたから、ハンギングバスケットには蔓（つる）性のものを必ず配した。いまでもそれなりにきれいなのだ

が、何かが欠けている。それを知っているのはわたしだけ。

ひとは自分のために、自分を生きる……。そう思ってきた。その考えは、いまもってわたしの核にはある。誰かのために、は、無責任になる場合もあると。しかし母を見送って、ひとは誰かのために、「花を咲かせ」たり、咲いた花の配しかたを考えることがあるのだ、と痛感している。

必要な場合は毎年掘りあげて、秋深くなる頃に土に返していた球根の幾つかは、プランターの中で放置されたままだ。「花」は単に花だけではなく、いろいろなものやことの象徴でもあるだろう。

わたしの人生で、もう二度と、このひとを喜ばせるためにという、あれほどの意欲は甦(よみがえ)ることはないのだろうか。誰かの、たったひとつの笑顔のために、誰かの安堵の深い溜息(ためいき)のために、自分のもてるすべての力を使い切るあの充実を再び手にすることはできないのか。

介護はジェットコースターのようなもの、と母がいたときに書いた覚えがある。朝の安堵が一時間後には高熱を発しSOSになることも数えきれないほどあった。

しかし介護を終えたいま、わたしの内には、別のジェットコースターが設置されたようだ。

朝、わたしは思う。仕事をしっかりやろう。今夜は久しぶりに映画を観に行こうか。母がいた頃は映画館に行けなかった。携帯電話をマナーモードにして二時間も母と繋がっていない時空を作るのが怖かった。そうだ、映画は週末にして泳ごうか。身体を動かしたほうがいい。

けれども夜。わたしは母の部屋の、いまもってそのままになっている母のベッドの上にいる。そして詩集など開いている。映画もプールもやめて、さっさと帰宅してしまったのだ。ここに。

「はじめて」の日々

「はじめて」がなお続いている。母が逝ったあの日を境に、ずうっと「はじめて」が。母がいない「はじめて」の秋が来て冬が来て、クリスマスシーズンを迎え、そして新しい年が。

「はじめて」の積雪もあった。

雪の日に訪問介護の看護師さんが母のベッドサイドで、「はい」と小さな雪だるまを掌（てのひら）にのせて見せてくれた冬もあった。途中で作ってきてくれたのだろう。彼女の掌は赤くなっていた。

「ねえ、お母さん。覚えてる？　バースがはじめて雪を見た日のこと」

降りしきる夕暮れの雪を見ながら、わたしはそこにはいない母と、心の中で会話をする。愛犬バースの話である。

彼がはじめて雪を見たのは、わが家にきて一年がたった二月だった。

わたしと母は向かい合ってお茶を飲んでいて、バースはベランダで、いつもの「哲学の時」を過ごしていた。空のどこか深いところを見つめているようなバースの後ろ姿を見かけると、母は人さし指を唇にあてて、「シーッ、バースの哲学の時よ」と言うのだった。

そのバースが突然部屋に走りこんできた。

「誰か来たよ、お客さんだよ」。母とわたしの顔を交互に見上げて報せた。立ち上がると、わたしたちの鼻のあたりに彼のひんやりと冷たい鼻があたる、大きな犬だった。

その彼が今度はわたしと母の膝に手をのせて、「ね、誰か来たよ、ほんとだよ」と告げるのだ。

「チャイムも鳴らないし、誰もいないのに」と不審そうに外を確かめていた母が、弾かれたように笑ったのだ。

「あらー、雪よ、雪が降ってきた」

「そうか、バースにははじめての雪だもんね」

「雪がお客さんだったのね」

あの日わたしたちは、なんと穏やかでしあわせな時空にいたことだろう。バースのはじめての雪の話はその後も、母とわたしの思い出話に何度となく登場した。

バースが十二歳と十カ月で逝ってしまったとき、母はまだ記憶のすべてを失ってはいなかった。明確な月日の認識は困難でも、しばらくバースの姿を見ていないことを、母は認識していた。

「バースはどこ？」。ベッドの中から母に訊かれた。

「お散歩……」

わたしはそう答えるしかなかった。

バースが長い散歩に出てから四年。母もまた、帰らない散歩に出てしまった。

母を見送ってはじめての雪の夜。母が逝ってから「はじめてのけんちん汁」を作った。

部屋の灯りは消してベランダに灯りをつけ、眠りにつくまで降りしきる雪を見ていた。

静かで淋しく、けれど不思議に穏やかな時間だった。

悲しみを抱きしめる

今日はいい天気だ。

蜂蜜色の陽差しが母の部屋のベランダを照らしている。いまもってそのままになっている、母の部屋の母のベッド。白地に若草色の小花模様のベッドカバーの上でも、光の粒子が遊んでいる。

このところ夜遅くの帰宅が続いた。それで今日は、陽が高いうちに帰宅しようと決めていた。母の部屋が明るい光で溢れていることを、この目で確かめたかったのだ。

ああ、気持ちいい。ああ、明るい、暖かだ。全身で光を感じる幸せ……。

暗くなってから帰宅する日は、電力の無駄遣いはよくないと知りながらも、母の部屋だけは灯りをつけて出る。

以前、短期間入院をしていた頃、夕暮れから夜にかけて母はしきりに不安がった。その原因が何にあるのかはわからない。が、灯りをつけると、母の不安は少し和らいだも

のだった。

遅い午後の、けれど明るいベランダには、春の花が嬉しげに咲いている。光を浴びると、花もまたより元気に見える。

「お陽さまは最高のご馳走よね」

わたしが手を引くことで散歩ができた頃、母はよく言っていた。その口調を思い出しながら、スーツ姿をとかないまま母のベッドにダイブする。日が暮れてしまう前、光があるうちに、母のベッドからの眺めを再確認したかった。あそこにビオラが、あっちにはパンジーが咲いている。母がいない今年も、と。

ベッドは寝心地もよく、かすかに母の匂いがするような。その匂いを確かめたくて伸びをした瞬間、背中に固いものが当たった。昨夜読んでいたハードカバーである。

このところわたしは「グリーフミーティング」の本をよく読んでいる。グリーフとは悲しみ、悲嘆のことで、グリーフワークとかグリーフケアと呼ばれることもある。愛するひとを見送って遺されたひとのための「回復のカウンセリング」がテーマの本である。日本でもようやくこういった本が翻訳されたり、刊行されたりするようになった。本を読んですぐに悲しみから解放されるわけではないし、むしろわたしには悲嘆もまた、母が確かにともにあったあかしに思える。それゆえに、悲しみもまた失いたくない。ず

っと、わたしが生きている限り、「抱きしめていきたい」と思う。それでもグリーフケアの本が次々に増えていく。

外に出たときはいつもの「タフな落合」の顔に戻っている。鏡で確かめたわけではないけれど、たぶん戻っている。けれども帰宅するとわたしは「母のない子」になる。どちらもわたしであり、わたしの日常である。

そして、外にいるときでもまた、心の奥底には、母のある日の笑顔が、あのいとおしい笑顔が、まるで真昼の月のように淡く淡く浮かんでいる。

涙の日にしてしまう

今日も朝から快晴。光がとても明るい。母のいない、新しい春ではある。その痛みを、明るい陽差しが少しだけ和らげてくれる。

今朝も母に話しかけた。

「お母さん、あったかいよ。なんという名かな？　雀の三倍ぐらいの大きさの、褐色の鳥が窓辺に来ていたよ。お母さんなら名前、わかるかもしれないね」

母が認知症の入り口で立ち往生していた頃から七年、わたしは、かつてないほど「お母さん」と母に呼びかけた。タンポポの綿毛のように遠くに飛んでいってしまいがちな母の意識を「こっち側」に繋ぎとめるために。

そして、母を見送った後もそうしている。声にしてそう呼びたくて呼んでいるのだ。

今朝は「お母さん」と呼んだ途端……。なんだ、なんだ、突然といった感じで滂沱の

涙である。

「鬼の目に涙だよ、おっかさん」とふざけてみるが、止まらない。

ま、そのままにしておこう。今日は一日中、家で原稿書きである。

このところ、ばたばたと朝早くに外出し、帰宅は夜中という日が続いた。それで、母から遠ざかってしまったような気がして、とても不安になっていたのだ。だから今日は「お母さん呼び続けデイ」にしよう。

今週もまた、救急車で運ばれながら、病院が受け入れ不能で亡くなったかたがいるというニュースが。

なんてことだ。報道は「たらい回し」という表現を使うし、患者からするなら、まさしくそうなのだが、別の連載をしている新聞に、勤務医の男性から丁寧なメールをいただいた。

「受け入れ不能」は言うまでもなく、救急現場の医師や看護師の数が恒常的に不足していること。許可病床数の問題もある、等々。

これらは当然、医療行政の問題だ。この閉められた扉を拓(ひら)くことなくして、この国に生きるわたしたちは、決して安心できないし、幸福にもなれない。結局は行き着く先は政治なのだ。

そこに、長年の女友だちでもある、カウンセラーからメールが入る。『母に歌う子守唄 その後』の感想を送ってくれたのだ。……書中に、あなたの後悔の声がしばしばありました……。そう、愛するひとを見送ったものは悔いからなかなか卒業できない。それを彼女は書いてくれている。……お母様は、その都度、「それでいいよ」と思われたに違いありません。ご自分を充分に生きられたと思います……。そんなフレーズで、長いメールはしめくくられている。

暖かな光の中で、わたしは今度はメールを読みながら泣いている。

今日は涙の日にしてしまおう。ね、お母さん。

懐かしい疲労

気がつくのは、いつも家を出る直前なのだ。

母がベッドで使っていた手鏡。その表面に、わたしのものらしい指紋がひとつついている！

お仏壇の片隅。線香の灰がひと摘(つま)みほど落ちている。いましがた供えた新しいお茶に小さな埃が見てとれる、といった案配である。

「ごめん、お母さん。帰ってから、きれいにするからね」

微笑(ほほえ)む母の写真に声をかけて、わたしは家を飛び出す。

介護が続いた七年も、ずっと走ってきたような。外でも家の中でも、具体的にも抽象的な意味でも。

「も少し、わたしの時間がほしい」

そう思った瞬間も正直、数限りなくあった。しかし……。

「お母さん、同じ走るのでも、あなたがいたときのほうがはるかに充実していた。はるかに張りがあったよ」

母がいてくれた頃。自由時間がもてたのは、移動の新幹線や飛行機の中だけだった。それでも移動の時空で考えるのは、母のことばかりだった。彼女のベッドの隣でとる睡眠は浅かった。どんな小さな変化も見落としたくない、と思っていた。

しかし、いまになってみれば、それらすべての緊張感が、ストレスや疲労さえもがこのうえなく懐かしい。あんな風に濃密な時空が他にあっただろうか。これからわたしに訪れるだろうか。

仕事の充実とは全く違う。仕事のそれとはまた異質の緊張感。どれひとつとっても、もう二度と味わえないだろう。

それでも母は大事な宿題を娘に遺してくれた。先日、訪れた市では、二校の小学校が統廃合されていた。少子化の結果である。決して珍しいことではない。

桜の蕾が膨らみ始めた校庭で、わたしは夢見た。この校舎に少し手を加え、車椅子でも容易に移動できるようにして、特別養護老人ホームとして廃校が再生する日を。

入居を待って待って、果たせぬまま亡くなるお年寄りがいる。文部科学省と厚生労働省と所轄は違っても、何とかならないか。

誰のための政治であり、行政なのだろう。莫大(ばくだい)なる建築費をかけたグリーンピアなどの年金施設がたちいかなくなって放置されたり、何分の一かの価格で売却される。こういった施設もまた、活用できないか。

所轄を超えて、それに敢(あ)えて取り組む自治体、出でよ。すでにあるのなら、教えていただければ幸いである。

この三月二十五日。母は八十五回目の誕生日を迎える。母のいない母の誕生日をはじめて迎えるこの春からのわたしのテーマは、これらの宿題とあらためて向かい合うことにある。

「かあちゃん、見てろよ」

トレーニング不足で、うまくは出ない力こぶを、それでもわたしは腕に作ってみる。

桜の頃

桜の季節である。

わたしが暮らす東京では、すでに花びらが舞っている。母の介護が始まった年から去年まで、毎年花見といえば「往復の、束の間のできごと」だった。

どこかへ急ぐ道すがら。あるいはどこかから母のもとに急いで帰るその「ついで」といった案配で、おおかたは車中から眺めるしかなかった。それでも桜は充分に美しかった。

その美しさを、母に伝えたくて、花屋さんに寄って、桜の枝を求めたりもした。

「お母さん、桜が咲いたよ。ねえ、見て、きれいだよ。やさしい花の色だねえ」

そんなわたしの言葉にベッドの中の母が、穏やかな微笑を返してくれた春もあった。

車椅子に乗ってもらって、お花見をした春もあった。膝かけをした薄い膝の上に散った花びらを、自由に動かない指先で、ぎくしゃくしながら母が摘み上げた春もあった。

……桜吹雪の中を、ゆっくりと車椅子はいく。

母は無心に、それは無心に、間断なく散る花びらを見ている。まるで生まれてはじめて桜が舞い散るさまを見たかのように。

わたしは、そんな母の様子と桜を交互に見ながら、嬉しさと、たぶんそれと同じくらいの淋しさを味わっていた。嬉しさは、とにかく母がここにいて、その年の桜を一緒に見ることができたという確かな充実から生まれたものだった。淋しさは、赤ちゃんのような、母のあまりに無心なその様子がもたらすものだった。

車椅子の上で、母がふふふ、と笑った春もあった。

前に回って跪いて見てみると、母の鼻の頭から一枚の花びらがちょうど落ちるところだった。どこかの枝から散って、一瞬、母の鼻の頭に止まったのだろう。それが、ふふふ、の瞬間だったに違いない。

記念のその一枚の花びらは……。母のかわいらしい、密やかな笑い声と一緒に、ティッシュペーパーに包んで持ち帰った記憶があるのだが、いまはどこに消えてしまったのか。

在宅看護の看護師さんが「折ったんじゃないですよ、落ちてたんですよ」と念を押しながら、小枝をもってきてくださった春もある。その春はすでに母は、枝を目で追うこ

としかできなくなっていた。

どの春にも、母はいて、どの春にも母はお花見をした。今年は、高齢者の福祉を考える集まりで話をした後、ポケットに忍ばせた母の写真とともにお花見をした。

雨が降っている。

濃い影

いい天気だ。光がとても明るい。こうして季節は春から陽春へ、そして初夏へとゆったりと、けれど確かに巡っていくのだろう。

母の部屋のベランダに、ベルフラワーが小さな釣鐘状の薄紫の花を次々につけてくれている。

ほかのプランターの花々を背景にして手前にベルフラワーを置いたのは、元気だった頃の母が、その花をわたしに買ってきてくれた思い出があるからだ。

わが家では当時すでに「花係」はわたしに移っていた。一緒に行っても花を選ぶのはだいたいわたしだった。母はその年代の大方（おおかた）の特に女性がそうであるように、自己主張を控えるようなところがあった。

認知症発症直前のこの季節だった。外出した母が、珍しくひとりで花を買ってきた。それがベルフラワーだった。

以来、この季節にこの花を見かけると、素通りできないわたしになってしまった。いまベランダで蕾や花をつけているのは去年買ったものだから、無事に母のいない厳しい冬を越してくれたことになる。

「お母さん。露地栽培のは、花屋さんに並ぶものより開花が遅れるのが多いね」。そんな会話も母ともっと交わしたかったなあ、と水やりをしながら、ずっと気になっていることに気持ちがまた戻る。

長寿医療制度のことである。「後期高齢者」から「長寿」と突然、政府は名称を変えた。保険証が届かず、不安なお年寄りも少なくない。

「宙に浮いた年金」はいまだ混乱を続ける中、「長寿医療制度」の年金からの天引きはすでに始まっている。従来ともっとも大きな違いの一つは、子どもの扶養家族としていままでは保険料を支払う必要がなかった約二百万人に、支払い義務が生じたことだろう。七十五歳の誕生日を迎えた途端、自動的に「長寿医療制度」に移行。介護保険料も合わせて、年金から天引きされる。年金それ自体、物価の上昇で、実質的にはかなりの目減りになっている。

社会保険庁の歴代長官たちは退官後次々に天下りをし、たっぷりの退職金を手に快適な老いの日々の中にいるのであろう。この人たちは「長寿」を祝うこともできるだろう

が、一方わたしたちが愛するお年寄りは……。

長寿であることに、なぜこんなにも、苦しまなくてはならないのだろう。この国の、この格差を、どう埋めたらいいというのだろうか。いっぱいの今朝の光に、濃い影が立ち昇る。

悔いを抱いて

午前六時。大ぶりな袋を手に母の部屋の、母のベランダに出る。母の部屋も母のベランダも、わたしがここに住み続けている限り、母のものだ。

ベランダでは春の花が最後の華やぎを見せている。大きな鉢の片隅に白い花をつけているのは、去年のこぼれ種で育ってくれたらしいノースポールだ。

母に見せたかった。

三十分もすると、手にした袋は、萎れかけた花殻(はながら)でいっぱいになる。花殻という呼称を教えてくれたのも母だった。介護を必要とするようになる前、母も朝一番に花殻を摘んでいた。小さなその後ろ姿が目に浮かぶ。

母の仏壇にお茶と、好物のコーヒーを供える。それから母の写真と向かい合って、わたしもコーヒーを飲む。

母が本当の意味で元気だった頃、一緒にコーヒーをゆったりと飲んだ朝は数えるほど

しかなかった。娘はいつも前のめりに駆けていた。見かねて伴走しようとする母を「わたしはもう大人なんだから」と振り切った娘がいた。

しかし、母を見送って初めて、娘は「大人」になった気がしている。親がいるうちは、子どもは幾つになっても子どもなのかもしれない。

そして、愛するひとを見送ったものは誰でも心の奥に悔いを抱いて生きている。そのひとが元気だった頃、介護を必要とするようになってから。見送った瞬間やその後に続く儀式めいたものへの悔いもある。ひっそりと抱えているひともおられるだろう。たとえ言葉にしても、到底言い尽せないもどかしさがあるのも事実だ。

遺（のこ）されたわたしたちは従って、恋しさと切なさと喪失感の底流に、幾つもの悔いを沈ませて生きていく覚悟を、改めてするしかない。

山形県で、五十八歳の息子が八十七歳の母親と無理心中をした事件が報道された。母親には認知症と喘息の持病があり、息子は仕事をやめて介護していた。

新しい保険の天引きで生活が一層大変になる、と彼はもらしていたという。「暮らしに疲れた」。遺書にはそんな言葉もあったという。

降り積もり押し寄せる、あらゆる疲労を振り払うことができなくなったのかもしれない。あってはならないことだが、愛するがゆえにそうするしかなくなる瞬間がひとには

ある。もつれにもつれた心理が介護してきた多くのものにはわかる。彼は、わたしだったかもしれない、と。

「後期高齢者」という呼称を「長寿」と言い換えたところで、どこに「寿」にこめられた喜びと充実を見いだせるというのだろう。

冷酷

駅に降り立ったとき、郷里の街には小雨が煙っていた。五月にしては肌寒さを感じるような午後だ。

前回来たのは、母を見送った後、わたしが生まれた家を探す私的な旅行だった。今回は仕事である。

あ、この通りを母とふたりで歩いたことがある。あのビルがまだ二階建ての小さな建物だった頃、あの店に母と入ったことがある。母はアイスティを頼み、わたしはクリームソーダを頼んだのだった……。

記憶の中の、母とわたしは笑い合いながら、この通りを歩いている。決して平坦ではなかったその人生のどの場面でも、母は微笑(ほほえ)んでいた。

間もなく、母を見送って十カ月になる。

あれはいつだったろう。わたしが小学生の頃、郷里のこの通りを母と歩いたことがあ

った。祖父の墓参のためだった。その日、母が着ていたブラウスの色と形まで鮮明に覚えている。モスグリーンの濃淡の、ストライプのブラウスに、母は白いスカートをあわせていた。ブラウスは、当時暮らしていた家の近くの洋品店で買ったものだった。レースとかひらひらするものが好みではなかった母は、安全剃刀で襟についた白いレースを丁寧にとってから身につけた。あのブラウスは確か五百円だった。当時の母子世帯にとっての五百円は、いまなら幾らに当たるのだろう。

何度も思案した結果、母はようやく買ったのだった。……そんなこんなが思い出されて、郷里の街でのわたしの気持ちは、その日の空模様と同じに湿りがち。

リハビリの保険給付は最長でも百八十日で打ち切り。七十五歳以上の「後期高齢者」だけではない。この医療制度が適用されるのは、この社会が「障がい」と呼ぶものがあるかた、いわゆる「寝たきり」のかたたち、人工透析が必要なかたなどおよそ七十万人が、六十五歳から天引きされるのだ。この「後期高齢者医療制度」が始まってひと月半。お年寄りに冷たい仕打ちをする社会は、子どもにも冷たい社会であるはずだ。

しばらく総選挙はないだろうし、できないだろう。けれど、わたしたちは、決してこのことを忘れてはならない。郷里の街を歩きながら自分とそう約束をした。

母に注いだエネルギーをわたしは、この社会で静かに穏やかに安らかに暮らしたいと

願うお年寄りのために使うのだ。

雨に濡れた花水木の花が、それでも天に向かって紅と白の顔をあげている。

ラッキョウ漬け

朝からの快晴。真夏を思わせる陽差しのもと、風で翻る洗濯物を見ながら、母がいた初夏を思い出す。

去年のいま頃、ラッキョウを漬けた。かつては祖母が漬け、母が受け継いだわが家のささやかな初夏の行事を、去年にわたしが引き継いだ。

ヘルパーさんや看護師さんたちは、わたしのカレーを歓迎してくれた。それじゃあ、ラッキョウもと漬けたのだが、夏に母は逝き、ラッキョウの消費量も大幅に減った。大瓶に二つも残っている。

同じ頃に、「消えた年金」の話があった。……信じられない初歩的、抜本的ミスと怠慢の結果、その照合作業に要する費用もまた、被害者（国民）に負担させるとは。不信感と憤り、ここに極まれり、と。そうして今年は「後期高齢者（長寿）医療制度」である。見直しとは言っているが、七十五歳で切り離して保険料は年金から天引き（条件は

あるが、口座振替の選択もできるようになった)。

「次の世代の若者に負担させるわけにはいかないでしょう」と言うが、将来に夢をもてない政治のありようこそ、若い人の人生に暗い影を落とす。

切ないほどに慎(つつ)ましい、最低限の暮らしさえ、足元から崩れ落ちる、この「報われなさ」。それこそが、若い人から夢を奪う原因にはならないか。

先頃、年金財源をすべて消費税で賄う試算が発表された。現在(二〇〇八年)の年金の給付水準月額六万六千円をキープするためには、消費税率を最高18%まで引き上げる必要があるというのだ。国民の反対を見越しての、数字上のトリックではないか。だいたい、わたしたちが家計に窮した場合、当然支出を減らす。

遠い昔。土曜日の夜半、母は必ず家計簿を前にしていた。母子世帯のわが家では、母が働き手であり、同時に主婦でもあった。同一職種でも、給料には大幅な男女差があった時代である。天井からの鈍い灯りに、母の裸足の足の裏だけが白く浮き上がって見えるのを、子どものわたしは布団の中で見ていた。眠ったふりをしながら。わたしがそばにいるときは決してもらすことのない、母の溜息(ためいき)を聞いたのも、そんな夜だった。

国も家庭も同じだ。山ほどの「無駄遣い」も、天下り先も放置したまま。一隻千四百億円のイージス艦を六隻もつ国が、お年寄りをないがしろにする！　その中の一隻は、

漁師親子の船を沈めた。「行方不明」のまま、亡くなったものと「認定」された二ついのち。こんなことがあっていいものか、とラッキョウを頬張り(ほおば)ながら、憤る初夏の夜。

花友だち

十二年前のことである。母の介護が始まる前、彼女が元気に忙しく立ち働いていた頃に暮らしていた家には、少し長い私道があった。帰宅してそこに足を踏み入れた途端、母の「お帰り」の声が聞こえたような気がした。

その私道の空間で、ご近所のかたがたが喜んでくださるので、母は特に花作りに熱中していた。狭いところにコーヒーテーブルを置いての「花友だち」との会話も、母の楽しみのひとつだった。

水色の手毬のような紫陽花が咲いていたから、いま頃の季節だった。

「自転車に乗って、花をいつもありがとうって毎朝声をかけていく女のひとがいるの。五十代のはじめぐらいかしら。中学の先生だと言っていたけれど」

ある夜、紅茶をいれながら母が言った。

「お父様の介護をするために学校を辞めたんですって。最近お見かけしていないけど、

お元気かしら」

母の花友だちにもいろいろあって、昔からの知己もいれば、名前も住所も知らないひともいた。その彼女については、後者のつきあいであったようだ。

庭の花が向日葵に変わった頃だった。朝一番の水やりをしていたわたしは、背中からの声に振り返った。自転車を引いた女性が、私道に入ってきていた。年恰好から、母が言っていたひとらしい。

「もうだめ、本当に、もうだめ」。そのひとは突然叫ぶように言った。「辞めなきゃ、よかった」。

彼女が介護のために退職したことは、母に聞いていた。

「きょうだいは寄りつかないし。父は徘徊がひどいし。どうしたらいいの？　どうすればいいの？」

彼女は同じ言葉を繰り返し、よかったらお茶でも、と言ったわたしを残して出ていった。

自転車の後ろ姿を見送りながら、彼女がはいたスニーカーから覗くソックスが、左右で材質も色も違っていることに、わたしは気がついた。

それから二年後、母の最初の入院があり、七年の介護の日々が続くことになる。

紫陽花から向日葵の季節になる頃、あれ以来、会うこともない彼女を思い出す。

数日前にも、東京M市で認知症の母親を絞殺した五十五歳の娘がいた。

母の介護中、わたしも左右違うソックスをよくはいた。裏返しに服を着て、講演後に、「もし違っていたらごめんなさい」と心優しいひとに、注意されたこともあった。

号泣

「号泣って良いんだって。心理学の専門家が言っていたわ。笑うことで免疫力は高まるけど、涙を流すことでは、魂が純化されたり浄化されたりするんだって。だから恵子ちゃん、泣いていいんだよ」

敬愛する年上の女友だちから、電話でやさしい言葉を贈られた。

母を思い、号泣する夜はまだまだある。確かに途中で強引に涙を封印した夜と、思いきり泣いた夜とでは、翌朝の気分が違う。鼻のつけ根に涙の匂いが残っていようと、号泣の翌朝は気分だけではなく、身体(からだ)さえも軽くなっている気がする。冷たい流水で、ザブザブと「感情の器」を丸洗いしたような爽快感である。

だから、涙は封印しない。懲りもまた。

二度目の「後期高齢者(長寿)医療制度」の天引きが六月にあった。見直しをするとは言っているが(その後、見直し)、七十五歳で区切られるひとの気持ちに生じる疎外

感を、どう考えているのだろう。

現在の大方の七十五歳以上は、戦後の混乱期を懸命に生き、上の世代を支え若い世代を育み、この国の繁栄を底から支えてきてくれた方々だ。その人たちが感じている「裏切られた気分」は、決して容易に解消するものではない。懸命に、誠実に、ひたむきに生きるという人々の暮らしそのものへの、それはあまりにも冷たい仕打ちではないか。

そんな社会、時代で、若い人はどうやって明日を夢見ることができるだろう。一度選挙で選ばれれば、数年間は一応安泰という人や、省庁の匿名性の盾の向こうで、よほどのことがない限り、終生「身分保障」される人たち。彼らには、不安定この上ない「派遣」を生きざるを得ない状況の息苦しさや孤立感はわからないに違いない。

高齢者が長寿であることを心底歓迎できない社会はそのまま、もっとも年代的に離れた若年層がまた、明日を夢見ることのできない時代である。慎ましく、ひたむきに生きてきた人々が、自分の人生を足元から否定される社会を、どうして肯定できるだろう。

「ねっ！　お母さん」

声をかけると、写真の中で微笑む母が、かすかに頷いたような。

今度、一日家で仕事ができるのは木曜日だ。魂の純化と浄化、号泣はだから、水曜日の夜までとっておこう。号泣の合間に、「異議あり！」と声を上げ続けることもまた忘

れずに。

母が亡くなった去年の夏、見事な純白の漏斗形（じょうご）の花をいっぱいにつけていたサンパラソルが今朝、傘をすぼめたような蕾を三つつけた。この夏もたくさんの花をつけてくれそうだ。

夏の記憶

母が逝った夏が巡ってくる。

けれど、母の部屋のたたずまいは一年前と何ひとつ変わっていない。変えたくないのだ。ベッドもそのままだし、ヘルパーさんや看護師さん、ドクターたちが座ったソファも同じ場所にある。

窓からの風景も去年の夏と同じ。変わったことといえば、認知症という症状の中をさまよいながらも、誰よりも確かで大きな存在だった母がもういないということだけだ。

大きな存在と書いたが、母の身長は一五三センチ足らずで、それも年々さらに小さくなっていた。それでも娘には限りなく大きなひとだった。

母の部屋のベランダ。母が逝った長い夏から秋にかけて、悲しくなるほど次々に花をつけ、旺盛な生命力を見せてくれた朝顔。今年も蕾をつけ始めている。澄んだ藍色の花をつけるアーリーヘブンリーブルー。去年、咲いてくれた花からとった種子(たね)を蒔いたの

だ。

一緒にその花を眺め、明日咲くであろう蕾をともに数えた幾つもの夏が、「わたしたち」にはあった。

手を繋いで、足元に注意すれば母が歩けた夏があった。肘に手を添え歩調をあわせれば、母が前に進めた夏もあった。腰に手を回し歩いた夏もある。娘の首に両手を回し、わたしが母の腰を両手で支えて一歩一歩後ずさりすることで、母が歩いた夏もあった。

早朝、あの藍色の花を眺め、蕾を数えることが、「わたしたち」の、ちょっとせつない、けれど充実した夏の朝の儀式だった。

「ひとつ、ふたつ、みっつ……」

それ以上は数えるのが難しくなりそうな気配に怯えたのは、介護が始まって三度目の夏だったろうか。数えられない自分に母もまた怯えたに違いない。娘が怯える以上に。

そのことがいまになって、わかる。

子どものように声にして蕾を数えていた母が、その夏からは、声を消して指を折って数えるようになった。そして次の夏には、それもしなくなっていた。

朝顔を眺める朝の儀式の最中、トイレが間に合わず、おむつの中におもらしをした夏。涙を溜めて、ベッドの縁をこぶしで叩いた母がいた。

あの夏、わたしは母の気持ちを思いやるより、自分の気持ちを整理し、次の段階に備えることを優先させてはいなかったろうか。

突然に甦（よみがえ）った記憶が礫（つぶて）となって娘を打ちのめす、この夏。

彼の苦悩

介護職員をしている青年から一通の手紙を受け取った。

去年だったか、介護についての集まりがあったとき声をかけてきた青年だ。二十五歳。

彼はいま、「このまま、この仕事を続けていくかどうか悩んでいる」という。「頑張って、頑張ってきたことだけに」悩みは深い。

大好きだった祖母が脳梗塞（こうそく）で半身不随になったのは、彼が高三の春だった。病院から自宅に戻った祖母を、家族で介護した。

受験勉強の追い込みの時期でもあり、焦りもあったが彼は頑張った。

「大好きな祖母（ばあ）ちゃんのためだから」頑張れた。受験は失敗。介護と浪人生活が始まった。

過労で母親が倒れたときも、「ひとりもふたりもおんなじ、とおやじと」頑張った。

その年の秋に祖母を見送った彼は、進路を変更。専門学校で学び、施設の介護の仕事

についた。迷いはなかった。

「祖母のときは、ただただ『思い』だけで介護をしていたが、今度は違う」。「思い」はむろん大事であり、介護の基本だが、彼はその「思い」と知識を重ね、日々さらに知恵を蓄積していった。施設でも彼は頑張った。

仕事はハードだった。一日の終わり、疲れすぎて、「頭パンパンで」眠れない夜もあった。

それでも彼は頑張った。

「介護って暮らしの全般にわたることだから、いろんなことが得意になって、オレって、理想的な夫になれると思う。お勧め！」とはじめて会ったときも笑っていた彼だった。けれど彼はいま、この仕事を続けるかどうか迷っている。

理由のひとつは、気をつけてはいたが、腰を痛めたこと。もうひとつは収入である。恋人との結婚を考えているのだが、およそ十八万の給与ではやっていけそうもない。将来、子どもも迎えたいが、このままでは不安だ。

せっかく蓄積した知識や知恵は、「結局、両親が介護を必要とする日のために、とっておくしかないのか。何より、こんな僕でも歓迎してくれるお年寄りと別れるのは辛(つら)い」。

頑張って頑張って、頑張り続けた彼が苦悩する。

介護職員さんの離職率は高い。恒常的な人手不足のもと、激務はさらに厳しくなり、現場を去る介護職員さんは少なくない。

資格はとったものの、これでは暮らせないという声が多い。省庁の諸々のむだ遣いや不正に接するたびに、腹がたつ。

遠い夏

国内線の航空会社四社が、遠距離介護をする家族に介護帰省割引を行っている。申請すると、三、四割程度運賃が安くなる。手続きは各社によって違うが、使えるものは使ったほうが当然いい。といっても負担は大きいが、などと思いながら、女友だちから届いた夏野菜をざるに分ける朝。

長年勤務した工場が閉鎖。「いまは土と向かい合うしかないんだ。もう少し働きたかったけど、ま、定年近くまで勤められたんだから、このご時世、贅沢は言えないけどさ」。昨夜も電話で言っていた。

茄子は茄子色、胡瓜は胡瓜色、トマトはトマト色に輝いてる。それに南瓜の、この見事な量感はどうだ！

茄子や胡瓜の中から幾つかよって、割り箸で足をつけ、お仏壇に飾ろう。遠い遠い子どもの夏。母と一緒に大きな蓮の葉の上に、夏野菜で作った動物をひとつひとつ並べて

いったことを思い出す。

「これは、お馬さん、こっちはね」。母の穏やかな口調が甦る。

あの頃はエアコンなどなかった。西瓜は井戸水をたっぷり張ったタライで冷やした。冬場は炭屋さん、夏は氷屋になるおじさんの大八車の後を追いかけた夏もあった。大きなノコギリで氷をシャキシャキ切り分けていくと、夏の陽差しに銀色に輝くかけらがあたりに飛び散った。

「ほらよ」。ねじり鉢巻きをした陽に焼けたおじさんは、時々氷のかけらを子どもたちに投げてくれた。

そんなことを思い出しながら、夏野菜のお裾分けにご近所に。

「郷里の両親やばあちゃんの顔を見たいし、孫の顔も見せたいから帰省したいけど、ガソリン代がこれじゃあねえ。新幹線だと親子四人の往復で家計はパンクよ」。そう言って、孫であり娘であり、妻であり母であるひとは、溜息をつく。

一方、往復ほぼ五時間かけて、一日置きに施設にいる母のもとに通う女性もガソリン代高騰に悩んでいる。

「毎日だって行きたいわよ。そばにいて手を握っているだけでも、母の表情が柔らかくなるって言われると余計。でも一日置きは、もう無理かもしれない。わたしが健康なら、

まだいいのだけど」、彼女は昨年大きな手術をしている。

そんなさなか、国土交通省などの職員が公費で使用したタクシー料金問題がまた表面化した。一回三万円を超えるタクシーチケットがなんと、千九百枚以上！　暑い夏をさらに暑くしてくれる不祥事である。

愛されている実感

母の部屋は相変わらず、手つかずのままだ。

母が逝って、一年とほぼ一カ月。この部屋の、このベッドで、わたしに手を握られ、最後は上半身を抱えられ、母は逝った。

ベランダの外には、去年と同じように季節の花が咲いている。

母が寝息をたて始めると部屋の片隅に新聞紙を敷いて、ベランダから運びこんだポットに植え替えをしたものだった。

そうだった。土いじりのほとんどは真夜中の仕事になった。その時間帯にならないと、できなかった。

室温を示す目盛りに注意しながら、母の息遣いを全身で聴きながらの、「ながら園芸」はほぼ七年続いた。途中から母は言葉を失ったが、決まって柔らかな微笑を返してくれた。

真夜中、母の部屋にいると、なぜだろう、子ども時代の夏が鮮やかに甦ってくる。若い母は戦後の東京で会社勤めをしていた。当時のわたしの密やかな愛読書の一冊が植物図鑑だった。母が帰ってくるまでの待ち時間、子どもは時々図鑑をもって、原っぱに分け入った。

生い茂る夏草と、図鑑の中の写真や挿画を比べる時空。子どもはもう夢中だった。まだ明るい夕暮れの中で、夏草の中にしゃがみこんで小さな図鑑を広げる子どもは、

「ただいま！」

抱きしめるような声を背中に聞いて、われにかえる。母がそこに立っていた。子どもは母親に飛びつく。

こうして、母の白い開襟ブラウスの胸のあたりや背中には、どう洗っても落ちない、子どもの手がひと夏の間に刻まれていった。「愛されている」という実感が、その言葉より以前に、子どもの中にはいつだって在った。それを贈ってくれたのが母だった。その実感が、少々変則的な出生を体験した子どもに、「自分であること」の淡い自信のようなものを贈ってくれた。頭のてっぺんから爪先まで、その存在を丸ごと肯定され、愛されているという実感。

それは、どの子どもにとっても、かけがえのない体感だ。愛されている実感なくして、

子どもはどうやって愛することを学ぶのだろう。

「それをお母さん、あなたはわたしに教えてくれたんだ。そして贈られた愛を、わたしはあなたに返したかったんだよ、きっと。言葉にすると照れるけどさ」

去年のまんまの母の部屋で、還暦を過ぎた当時の子どもはあらためて思う。

確かな記憶

母のいない、二度目の九月がやってきた。この夏も各地で、介護や福祉のありようについての講演が続いた。

なんだかなあ、と心のどこかで苦笑しつつ介護についての講演のときには、母の写真をポケットに忍ばせる。

控室を訪ねてくださるのは、愛するひとを介護中のかただったり、見送ったかただ。多くは女性だが、男性の数も増えてきた。

「ちょっとよろしいですか？」

最初のその言葉から本題に入るまでに、決まって少しの沈黙がある。その間にすでに涙ぐんでしまうかたもいる。携帯の待ち受け画面で微笑む見送ったひとを見せながら、言葉より先に嗚咽をもらされるかたもまた。

「亡くなる二日前、母は、沈丁花はもう咲いたかい？　って訊いたんです」

訪ねてきた女性のお母さまは去年の九月に亡くなった。

「わたしが小学校に入った年に、両親は小さな小さな家を買いました。その玄関の横に植木市で買ってきた沈丁花の苗を、一家で植え込んだ日曜日……」

無口な父親が嬉しそうにスコップで土を掘った。母親と彼女と弟は、如雨露や洗面器にかわるがわる水を汲んでは、父が掘った穴に注ぎ込んだ。

「植えつけを終えて一家で小さな沈丁花を囲んでいるときラッパが路地裏に響いて……」

豆腐屋さんがやってきた。

「母が台所に駆けこんで、泥がついた手を洗い、そうだったわ、エプロンで手をふきながら、お鍋をもって豆腐を一丁買ったこと」

そのときの母親の姿と、確かにそこにあった「家族の空気のようなもの」が忘れられないと彼女はおっしゃる。

亡くなる二日前、お母さまが沈丁花のことを言ったのも、

「たぶん、あの頃が母にとって、苦労も多かったけれど、もっとも輝いていた季節だったからかもしれません」

愛するひとを見送ったものは誰でも、多かれ少なかれ悔いを抱く。介護が必死であれ

ばあったほど、悔いもまた深く大きい。

けれどもたぶん、悔いと同じくらいの、他のなにかもまたそのとき、見送ったものは見送られたひとから贈られているはずだ。

それは……。もしそう言っていいのなら、紛れもない愛情そのもの。確かに愛され、そして愛したという記憶は、ひとを優しくも、つよくもしてくれる。

一緒に来たかった

快晴。陽差しは強いが、湿度は低い。

ホテルを出て、この街のほぼ中央にある州立大学のキャンパスに向かう。公園のような緑が美しいロケーションだ。ファーマーズマーケット、近隣の農家の人たちが自慢の生産物を並べる大きな市が、毎土曜の朝から開かれる。

サンフランシスコに到着して二日目。この街にやってきた。

大きな籠(かご)やカートを引いた人々ですでに混み合っている。小牛を思わせる巨大なグレートピレニーズが、ゆったりとした足取りで行く。ラブラドールやゴールデン・レトリバーもまた朝の光を浴びて嬉(うれ)しげにギャロップで行く。

子どもたちが駆け回る。芝生の上で踊っている子は裸足だ。仮設のステージでは、この街のレストランのシェフたちが、「季節の簡単お勧め料理」のレシピを紹介し、実際に作ってみせている。

「この街にきたら、ファーマーズマーケットに絶対行かなくちゃ」と聞いていた。ズッキーニ、赤や黄、オレンジ色のプチトマトたち。フレッシュハーブ、焼きたてのパン。花屋さんもある。ラズベリーやブラックベリーなど、ベリーだけを集めたテントもあれば、スモークした鮭を塊で売る店、ソーセージ専門のテントもある。どれもが安くて、見るからに新鮮なものばかり。

「トライしてみて」

声をかけられて、わたしも列に加わる。

色とりどりのチェリートマトがそれぞれ番号をふった紙皿に大盛りになっている。試食をして、一番美味しいと思ったトマトの番号を、ボードに記す人気投票である。

白を中心にグラジオラスの花を両手で抱えきれないほど買って、千円にも満たない。

「ここに住んでるの？」

「旅行中です」

「どこから？」

「トウキョウ」

「ほー、遠いね。いい旅をね」

韓国系米国人だろう。小柄な高齢の女性が、無造作に花の束を渡してくれる。いかに

も働きもん、といった感じの彼女の手である。

……お母さん。一緒に来たかったよね。

心の中で呟(つぶや)くと、あれ？　やばい、鼻のつけ根がツーンと痛くなってきた。

旅先で小さな感動に出会うと、反射的に後ろめたさを覚えるわたしがいる。

母がいてくれたら、仕事とはいえ、こうして日本を離れることは心配でできなかったはずだ。光の強さのせいにして、わたしは慌(あわ)ててサングラスをかける。

生まれるところは選べない

急に涼しくなった。猛暑の真夏から晩秋が突然に、といった風だ。こういった変化で、お年寄りは体調を崩し易い。

ここに母がいたら、いま頃慌(あわ)ててベッドのタオルケットを毛布に替え、寝間着を厚手のものにしていただろう。

家の中を走り回る自分の体温を無意識のうちに基準にしていて、ちょっと涼し過ぎると気づいた瞬間捉われるのは、馴染みの悔いと自己嫌悪だった。母が小さなくしゃみなどしたら、尚さらのこと。自分を責めて落ち込んだ。けれど、悔いは長続きしないし、させてはいられない。次なる、しなければならないことが目の前に。悔いと落ち込みを思いっきりよく蹴(け)っ飛(と)ばして、わたしは毛布を抱える。

暑さがぶり返せば、再度のバタバタである。そんな繰り返しの日々だった。

あの頃の、息が詰まるような「目いっぱい」がいまでは懐かしく恋しい。わたしを跳

び上がらせた、母の赤ちゃんのような愛らしいくしゃみもまた。

ところで、僅か数日で大臣交代があり、新内閣の二世議員は十二人になった。誰も生まれてくる国や家族を選ぶことはできない。その意味では二世、三世議員も同様だ。せめて親とは違う地盤で立候補しろよ、それくらいのハードルは自力で越えろよ、と思うのだが。

無念なことに、差別される側に生まれたひとの、まさに歴史的痛みを、二世・三世議員が自身もまたどこに生まれるかを選べなかったという事実と重ね、想像力を働かすことができたらと思うのだが。

この夏も少なからぬ与野党の議員が「海外視察」に出たことだろう。海外事情を学ぶことも大事だが、その間、介護施設でボランティアをしようと思うものはいないのだろうか。「視察」ではなく、現場で現実に働けば、学ぶことが多々あるに違いない。

今朝も、介護施設で働く青年からメールが入った。「求められている仕事であり、使命感もあるがもう身体がぼろぼろ。いつ重大なミスが起きても不思議ではない職場環境でのこの仕事をいつまで続けられるか。自信を失いつつあります」。

ヘルパーさんたちの離職率が極めて高いのはなぜなのか。どんなに大変な仕事なのか。せめて十日でも彼らと同じ時間割で仕事を実際にやってみる議員がいたら、酷薄としか

言いようのない福祉も少しは拓(ひら)かれるはずと思うのは……、甘いか？

そういった議員がいたとしても、「売名」等というレッテルを貼られることがあるだろう。それを恐れてボランティアにはならないと思う議員もまた。言われたって、いいじゃないか。それが誰かのために、そして自身の学びの時になれば。こういう「売名」はウェルカムだ。

八十路から

旅先の夕暮れ時。

夕焼けのなごりをわずかに留めた空に向かって、焚き火の煙が真っすぐにのぼっていく。稲刈りを終えた畦道をお年寄りが行く。時々屈めた腰を伸ばして空を仰ぎ、とんとんと拳で腰を叩く。

畦道の両側には臙脂色や黄の小菊が咲き乱れ、夕ご飯の催促か、どこかで犬が鳴いている。

「お母さーん」

誰かが呼んでいる。

わたしも呼びたくなる。「お母さーん」と。

センチメンタルなもの言いで恥ずかしいが、「お母さーん」と娘が呼ぶ声に、母があの懐かしい声で返事をくれたら、他になにもいらない。一度でいいから、と思う瞬間が

ある。

愛するひとを見送ったものは誰もが、こんな秋の夕暮れを迎えるのかもしれない。困った季節だ、秋ってやつは。

旅にはいつも本をもっていく。新刊のときもあれば、すでに何度か読んだ本の場合もある。

昨日はマルコム・カウリーの『八十路から眺めれば』（小笠原豊樹訳、草思社刊）を読み返した。詩人であり文芸評論家であり、編集者でもあった彼、八十代からのメッセージである。

五十代の終わりや六十代のはじめなど「少年少女」だとカウリーは言う。

彼の友人であるブルース・ブリヴェンというひとは、八十四歳のときのクリスマスカードにこう記したという。

「そろそろ老人になろうかと考えています。決心がついたらハガキでお知らせ」する、と。

次の年のカードには「ぼくらの生活に欠くべからざる老年の知恵」として、次のようなメッセージが並んだそうだ。

「……歯ブラシが濡れていたら歯を磨いた証拠です。朝、ベッド脇のラジオが温かかっ

たら一晩中つけっ放しにした証拠です。右足に茶、左足に黒の靴を履いていたら、靴箱に茶と黒のもう一足があることは充分に考えられます……」

地域社会の中で充分なる尊敬を獲得し、そのことを自分も知っていたからこそ、「自分を笑いのたね」にできたのだと著者マルコム・カウリーは記す。

充分なる尊敬。それを高齢者にもちうる社会なのだろうか、この国は、と国会中継を観ながら考えているのだよ、お母さん！　あなたには自分の身に起きたことを笑うことなどできず、ただ、おろおろしていた秋の暮れがありましたね。

笑えるお年寄りも笑えないお年寄りも、どちらもわたしにはいとおしい。

喪失感

今日も秋晴れ、気温も比較的高い。

そのせいだろう。昨夏母が亡くなった日にも見事な花をつけてくれていたサンパラソルが、十一月だというのに、次々に蕾をつけている。漏斗形(じょうご)の純白の花である。

蕾が咲き終わったら、枝を短く刈り取って部屋に取り込もうと思っているのだが、蕾を開花させてからと待っていると、冬越しの準備がなかなかできない。

「母の花」の満開は嬉(うれ)しいのだが、自然は確実に変化している……。母のベッドに腹這(はらば)って、わたしは風に揺れる花を見ている。

母の部屋は相変わらず、母がいた頃のままである。ベッドもコーヒーテーブルもソファも、去年の夏のまま。

テーブルの上に置いたバラのオイルも、使いかけのまま以前の場所にある。瓶の中のオイルもまた、減っていない。

母とふたりの夜。

「お母さん、マッサージしようか」

声をかけながらオイルを掌にとって温め、母の身体のリンパの流れに沿って、ゆっくりとマッサージを始めたものだ。腕や足のさきのほうから、心臓に向けて、ゆっくり、ゆっくり。母は、柔らかな微笑を浮かべ、やがて眠りに入っていった。

無垢としか言いようのない寝顔が、わたしの長い一日のナイトキャップであり、静かな寝息が、その夜の子守唄になった。

あの寝顔の頰を撫で、寝息をこの耳で確かめることは二度とできない。そう思うと、むしょうに淋しい。

「母を亡くした悲しみから、どうしても立ち直れません。落合さんはどうやって悲しみと向かい合っているのですか？」

そんなお手紙をいただくことが多い。講演などの後、直接声をかけてくださるかたもいる。

どうやって、わたしは悲しみと向かい合っているのだろう。人前ではいつも通りに元気なわたしをやっている。しかし心には絶えず喪失感がある。たぶんそれは、わたしが生きている限り埋めることができない洞でもあるだろう。それでいいのだと、思う。

後期高齢者（長寿）医療制度に反対する医師たちの会に行ってきた。

「こんなに高い検査をわたしたちが受けていいのですか？　とお年寄りが訊きます。泣けてきます」

わたしもまた、「この国で老いる」ことと向かい合っていこう。悲しみと喪失を心の奥底に、しっかりと据えたまま。

悲しい現実

少しうとうとしたようだ。膝のうえに、読みかけの文庫本が開いたままのっている。眠りの縁で、一瞬、母の笑顔を見たような……。

新大阪から乗った新幹線だった。あと少しで品川、そして終点の東京駅に到着する。

母を見送って二度目の冬がやってきた。そろそろ母の部屋にクリスマスツリーを飾ろうと思っているのだが、東京を離れる日が多くまだ実現していない。

普段はできるだけモノの少ない、シンプルな空気の中で暮らしたいと思っている。

「モノが増えれば増えるほど守りたくなって、結局モノに振り回されてしまうのかもしれないわね、ひとは」

母もよくそう言っていた。片付け上手で掃除上手な母だった。

性格的には似ているところが多いと、見送ってからさらに実感するのだが、片付けや掃除に関しては、母にはかなわない。

その母と、クリスマスツリーに金や銀、ガラス細工のボールやオーナメントを飾ったものだった。昼夜逆転した日々も、車椅子(いす)を使うようになってからも、母との日々の中に「小さなお祭り」を意識して増やしていった。そうすることで、ともすると下方に落ちていきがちな気分に、わたしは弾みをつけていたのだ。

金色のボールを手に、どの枝に飾ろうかと首をかしげた母の表情を思い出す。あの世代のほとんどすべてのひとがそうであるように、苦労を重ねた日々があったのに、なぜあんなに穏やかな表情を保つことができたのだろう。

母に介護が必要となった幾つもの秋から冬にかけても、東京を離れる日がたびたびあった。目的地で仕事を終えて、十分でも五分でも早い新幹線に飛び乗るのが常だった。新幹線のデッキで携帯電話を耳に当て、血圧は？　熱は？　脈拍は？　とバイタルをヘルパーさんや看護師さんに尋ね、無事を確認するとあとは不足した睡眠を取り戻すための時間に充てていた。

新幹線に限らない。椅子に座ると、引きずりこまれるような眠気に襲われた。睡眠不足はひとの想像力を負の方向へと駆り立てる。

厚生労働省によると、昨年（二〇〇七年）、家庭内で起きた高齢者への虐待は、一万三千件を超えているという。虐待をどう定義づけるかでその実態も変わってくる。この

残酷で悲しい現実に、政治はどれほど目を向けているか。迷走する定額「給付金」。介護される側にもする側にも、安心からはほど遠い寒い冬がやってきた。

薄陽の午後

耳を塞ぐ。目を閉じる。いっさいの雑事をしばし忘れる。ゆっくりと深い息をする。それを何度となく繰り返す……。それから、わたしは小さな声で呼ぶ。「お母さん」と。

お母さん。なんとやさしい響きをもった言葉だろう。何度か呼ぶうちに、心の水面が静かに穏やかに凪いでいく。懐かしい風景やひとの声が、どこからか聞こえてくる。外は冷たい風が吹いているのに、身体のどこか深いところに、小さな、けれど温かな波が生まれ、指先や爪先に向けて柔らかく押し寄せてくる。

いやな事件や事象ばかりで凍りそうな心を、ゆっくりと温め返してくれる。

「生きるってことは捨てたもんじゃないよ。そうよ、捨てたもんじゃないって人生を送らなくちゃねえ」

人生などという言葉を普段は使ったことのない母が言ったことがある。人生を呪いた

くなることも少なからずあったであろう母である。それでも彼女は、薄陽に向かって歩くことをやめなかった。青空ではなく、薄曇りの空。雲の間からかすかに射す薄陽に向かって。

母と同じ世代のひとたちは、たぶん同じような日々を送ってきたはずだ。静かに、密やかに、薄陽に向かって歩く。なんとせつなくも、堅実で、美しい姿勢だろう。

まっとうに生きるということがともすると愚直と笑われる時代でも社会でも、多くの母や父たちは「快晴」とまでは言えない日々をけれど諦めずに、薄陽に向かって一歩一歩歩き続けてきたのだろう。

「楽しかったこと？　それなら、すぐに思い出せますよ。ええ、楽しいことだけ覚えておきたいから。それに苦しいことや無念なことのほうがはるかに多いから、楽しいことはすぐに思い出せます」

そう言って、陽だまりのように微笑んだのは、施設で暮らす八十七歳のSさんである。陽だまりよりは、寒風の中で踏ん張った日々が人生の大半だったとおっしゃるそのひとである。にもかかわらず、この陽だまりのような笑顔は、一体どこから生まれるのだろう。

脂っけのない、薄いその手に、思わず掌を重ねると、Sさんが言った。

「働きもんの手だねえ」

このひとたちを決して悲しませてはならない。薄陽の射す、小さな部屋の午後である。

施設の庭に白い山茶花が咲いている。

無念で、涙

ことし（二〇〇八年）一月から十一月までの上場企業の倒産件数が年間で過去最多を記録したという。なんとも気持ちの晴れない年の瀬である。職を失い、暮らしていた寮を追われたひとたちは一体どうするのだろう。

そのひとたちの向こうに、何もできずにごめんね、と涙を浮かべるお年寄りの顔が見える。

なんという社会であり時代であるのだろう。なんと過酷にして、無策な政治であるだろう。

年を重ねることも「自己責任」なのか？

病を得ることも「自己責任」なのか？

であるなら、国は誰のために、何のためにあるのだろう。そして政治は？

「たらたら飲んで、食べて、何もしないひとの分の金（治療費の意味か）を何でわたし

が払うんだ」（二〇〇八年十一月の、当時の首相の言葉）

病気になりたくてなっているひとなどいない。懸命に働いて必死に今日を明日に紡いで、「高齢者」になったのだ。病院に行くのさえ控えているお年寄りは少なからずいる。

無念で、悔しくて、腹が立つ。

七十一歳の娘が、百歳の父親を殺害した。三十五年間、娘が介護し続けてきた父親はこの十年で認知症をも発症した。

娘は自分も死ぬつもりだった。無理心中である。自分を傷つけ、倒れているところを夫に発見された。発見がもし五分遅れていたら、無理心中は「完遂」された。

地域の住民の六千人近くが娘のために嘆願書に署名した。

厚生労働省が九月に発表したデータによると、七十代の介護をしているひとの、約44%が七十代、いわゆる「老々介護」（悲しい言葉だ）であるという。

また介護を必要とする家庭で、ヘルパーさんを依頼している家庭は、二〇〇四年の調査から約2ポイント低下し、六割の世帯が、同居家族による介護であるという。

一方、少し古い資料になるが、在宅で介護をしているひとの四人に一人が、抑うつ状態にあるという。長い期間、ストレスにさらされる結果である。

介護をされるひとと、介護をするひとは、合わせ鏡のような存在だ。介護する側が疲

れきり、ストレスを募らせれば、必ず介護される側の不安と不安定と不穏に直結する。街に流れるクリスマスソングを切り裂いて疾走する救急車のサイレンを耳にすると、胸騒ぎがする。心臓が、わし摑みにされる。これでいいのか、わたしたちの社会は。

母のいない二度目のクリスマス。サイレンの音を聞きながら、しゃがみこむ。

長寿を喜べる社会に

なんという年の暮れか。

この社会を根っこから支えてきた人たちが職を追われ、住むところさえ奪われる。

企業ごとに何百人、何千人と発表される数の向こうには、言うまでもなく、ひとりひとりのいのちがあり、人生がある。

そしてその向こうには、彼らを支えに、励みにもして暮らすお年寄りもいる。

消えた年金、消された年金、後期高齢者（長寿）医療制度に続いて、またしても働く者、働いてきた者を切り捨てて、恥じることのないこの国がある。お年寄りはさらに言わなくてはならないのか。

「長生きして、ごめんね」、「わたしの最大の不幸は長生きしたこと」と。こんな時代の、こんな仕打ちを体験するために、年を重ねてこられたわけではない。

格差社会などという言葉が生ぬるく感じる昨今。自分たちの天下り先は死守するもの

たちに、この悲痛な叫びは聞こえないのか。そして政治家たちは。

二〇〇一年秋、短期入院を終えた母とわたしはホテルにいた。自宅に帰ってしまうと、ゆっくり養生するはずもなく、いつもの独楽鼠に戻ってしまう母を知っていたからだ。遠出をできない母、贅沢のかけらも味わうことなく戦後を生き抜いた母に、束の間の休暇を娘と過ごして欲しかった。

ホテルの窓から、リストラに抗議する人たちのデモが見えた。

「間違ってるよ、こんな贅沢」。窓の外に目をやりながら、母は呟いた。あくまでも汗水流して働くものに母は心を寄せていた。自分自身が、そうして働いてきたからだ。

「お母さん。わたしは、あなたの娘だからね」。仄かに微笑む母の写真に手を合わせ、そう呟く師走の夜。

長期にわたるこの連載の、最後の原稿がこんなにも悲しく、無念なものになるとは、母がいてくれた頃には想像もできなかった。

＊

長い間、多くの励ましをありがとうございました。

母のベッドサイドで読み聞かせた数々のお手紙やファックス、メールたち。それらは、

いまでもわたしの宝です。繰り返しになりますが、お年寄りが長生きしたことを喜べる社会と時代は、そのまま子どもが生まれたことの充実を実感できる社会です。「母の娘」は、地団駄(じだんだ)踏みたいほど非力ながら、今後もお年寄りの仄(ほの)かな笑顔の実現に向けて、踏ん張っていくことを、ここに約束します。

あの日の花

風に乗って、遠くの小学校から打楽器の音が聞こえてくる朝。始業前に集って練習をしているのだろう。

ベランダの植物に水をやりながら、わたしはそのリズミカルな音を聴いている。

ベランダにはかなり大きくなったサンパラソル（マンデビラ）が、傘をすぼめたようなまだ固い蕾を幾つかつけている。二週間もすれば、それらのうちの一輪は漏斗(じょうご)型の白い花をほろりと開くに違いない。

母が亡くなったあの夏の朝に咲いていた花である。母を見送って十回目の夏を間もなく迎える。この十年の間、あの日、母の部屋の外で幾つも花をつけていたサンパラソルは、幾度か大き目のプランターに植え替え、冬の間は室内に入れて大事に育ててきた。というか、植物自体が育ってきてくれた。妙に意固地になって、これだけは枯らしたくないと思ってきた。

ほぼ十年前、正確には九年と七カ月前の夏の朝、母は八十四歳で亡くなった。およそ七年の在宅での介護。終わりは、こんなにもあっけないものなのか――。わたしは強い衝撃を受けた。いつかは終わるものと充分に知りながらも、まだ先のことだと根拠もないまま漠然と考えていた。

その介護の日々のレポートのような、雑感のようなエッセイはもともと東京新聞に連載したもので、そのあと『母に歌う子守唄　わたしの介護日誌』、『母に歌う子守唄　その後　わたしの介護日誌』というタイトルで朝日新聞出版から単行本が、数年の後に文庫本が刊行された。在宅での介護についてスポットが当たり始めた頃のことで、多くの読者からご自分の場合を記された手紙をいただいた。どれもが、心に響く介護の実相を記したものばかりだった。

一方、新聞の連載は母を見送った後もしばらく続いた。見送ってからの、遺（のこ）された側の感情の揺れ、探し求めた心の置き場所をこれもまた手探りで雑感風に記したものだ。

本書は、既刊の二冊の単行本から幾つかを選び、さらに収録しなかった「見送ってから」の日々について新しく加えた改訂版である。

母の場合、介護が始まってしばらくしてから介護保険がスタートした。介護の情報も現在と比べて格段に少なく、読み返してみると、前のめりになってひとり相撲をとって

いたなと思わせられる記述も多々ある。もう少し肩に入った力を抜いて、次々に押し寄せる波に漂う時空があってもよかったのに――。そのほうが母にとってもわたしにとっても、もっとゆったりできたかもしれない、そう思うことも少なくない。

十年――。振り返れば、長いようであり、けれど短かくもある。「まだ」十年なのか、「もう」十年なのか。「まだ」と思う日もあれば、「もう」と思うときもある。

見送った後に気づかされたことも沢山ある。

介護していたつもりの母という存在そのものに、むしろわたしがケアされていたのだと気づいたのも、見送ってからのことだった。

介護を必要とするひとがここにいる。それは感情生活も肉体も含めて、絶え間ない労働を必要とするものでありながら、同時に、その労働を受け取るそのひとが、誰よりもかけがえのないわたしのシェルターでもあった事実。それに気づいたのも、見送ってからのことだ。

そうだ、そうだったのだ、愛する人がそこにいるということが昨日を今日に繋ぐときの、どれほどの力、どれほどの励みになるのかも、母が亡くなってから気づかされたことのひとつだ。介護を受ける側の母が、自分自身の人生の一貫性を根底から失い、自分であることすら認識できない状態であってでも、である。介護しているつもりの母に、

その存在にわたしが支えられていたという紛れもない事実が、見送った日からずっと、わたしの中には在る。介護もまた人間関係であり、人間関係とは役割を固定できない流動的なものであるということもまた。

紛れもなく母に「お母さん」と呼ばれた日の衝撃はいまでもはっきりと憶えているし、母の下半身をきれいに洗うことに、当初抵抗感と後ろめたさを感じたことも記憶している。記憶は当然ながら、介護するわたしの側からのそれらであり、介護される側の母はひとつひとつの出来事や変化をどう感じていたのか、わたしは知ることができない。それが見送ってからの、わたしのやるせなさであり、せつなさそのものとなった。

日々の介護の中、母と視線が合うように母の介護用のベッドの横にセットした簡易ベッドの上で書いた原稿には記憶違いや認識違い、無知からの誤解もあるに違いないが、その時点、その瞬間のわたしの記録として、そのまま収録した。正直、書けなかったこともある。

あの頃、わたしがもっともおそれていたのは、母より先にわたしが死ぬことだったのだ。これも見送った後に気づいたことだった。むろんわたしがいなくなってもさまざまな方法での介護はあるに違いないが、それでも、母にとって最も大事な感情と感覚と感触——たとえ認知症であっても——何を快いとし、何を不快と思い、何にやすらぎを見

出し、何に屈辱と感じるか等。それらを、完全とは言えないまでも多少は理解しているのは、娘のわたしだった。そのわたしが死んでしまったら、誰が彼女のもっとも「柔らかな部分」、心のあわいに寄り添うことができるのか。それは答えの出ない不安であり恐怖だった。

母の体温や血圧、脈拍や尿の出具合に一喜一憂しながらも、わたしはわたしの体調にも過敏でなければならない、という笑うに笑えない事実。それらをそのまま書くこともできず、どこかで少し救いのある文章に逃げてしまったり、ジョークにしてしまったこともある。

完璧な介護などない。見送ってから、それも痛感したことのひとつだ。すでに母はいなくなったのにもかかわらず、介護についての書籍のやはり熱心な読者であり続け、読後に落ち込んだこともある。ある症状についてのある対処の仕方などに新しい発見があるたび、どうしてもっと早くに気づかなかったのだろう、どうしてこの本が母を介護していた頃に刊行されなかったのか、と詮無い悔いにも捉われた。

そうしていまようやく、それらの悔いも含めて「わたしの介護」であったのだ、と思えるようになりつつある。あれほどにかけがえのないひとが、わたしの人生に存在した、ということを抱きしめて。それがわたしの個人的なグリーフワークでもあるかもしれな

いという考えに辿り着いたのかも……。見送って一年もたった頃だった。かといって、喪失の痛みは今もって続いている。それらも含めて、「わたしの介護」であり「わたしの見送ったあと」であるのだ。

母がいないこの十年。いろいろなことがあった。特記すべきはやはり東日本大震災と東京電力福島第一原発の過酷事故であった。この、自然災害と人災としか言いようのない原発事故のもとで、介護されているひと、しているひとはどんな日々と対峙せざるを得ないのか。それを考えると、胸が詰まった。他人事とは到底思えないといった切羽詰まった感覚が、その後のもろもろの活動や運動と直結した。

「社会は危険と矛盾を生産しつづける一方、それらへの対処は個人に押しつける」ジークムント・バウマンの『リキッド・モダニティ　液状化する社会』（大月書店刊）の一節は、いまもあらゆるところや、あらゆる場面に見ることができる。

政治や福祉の不備の言い訳のように往々にして利用されがちな「自己責任」という言葉もまた、前復興大臣の失言を引用するまでもなく、為政者の中に生き続けている。防衛費という名の軍備にかつてないほど予算をとるこの国の、この政治のもとで、老々介護や、自らの将来を諦めざるを得ない若年介護者、あるいは育児と介護のダブルワークに悲鳴をあげているひとも大勢おられる。地域や自宅での介護を推進しながら、そのイ

ンフラは充分とはまだまだ言えない現実。在宅医療や看護師さんの過重労働は解消しただろうか。介護士さんの収入はどれほどアップしただろう。元気に活躍するシニア像の特集に接しながら、元気でありたいと願いながらもそうあれないひとや、その家族の哀しみを考えると、心穏やかではいられない。

政治の無策を問うことなく、ほとんどすべての結果を個人に押し付ける社会では、より「弱い」ものの声は社会の表面に出ることはなく、消されていく。自己責任という言葉とイメージが独り歩きする不気味な社会で生き残ることができるものは決して多くはない。

母を見送って十年たった現在、気になって仕方がないのはそのことだ。

そうしてもうひとつ。介護される側が何をどう感じ、何をどう求めているのか。いつかわたしが「される側」からの視点で、自分への子守唄を書けたらいいなと思いつつ、今日も憲法についてのデモに出る。すべてを、「いのち」から考える。それは母の介護から贈られた宿題であるのだから。

もとの連載を掲載していただいた東京新聞の岩岡千景さんと鈴木久美子さん、前二作、そして本書にもおつきあいくださった朝日新聞出版の矢坂美紀子さんに心からの感謝を。むろんこの本を手に取ってくださったあなたへも。

二〇一七年五月

落合恵子

決定版　母に歌う子守唄
介護、そして見送ったあとに

朝日文庫

2017年7月30日　第1刷発行

著　者　落合恵子

発行者　友澤和子
発行所　朝日新聞出版
〒104-8011　東京都中央区築地5-3-2
電話　03-5541-8832（編集）
03-5540-7793（販売）
印刷製本　大日本印刷株式会社

Published in Japan by Asahi Shimbun Publications Inc.
定価はカバーに表示してあります

ISBN978-4-02-264852-5
落丁·乱丁の場合は弊社業務部（電話03-5540-7800）へご連絡ください。
送料弊社負担にてお取り替えいたします。

下川　裕治／写真・阿部　稔哉
週末ベトナムでちょっと一服
バイクの波を眺めながら路上の屋台コーヒーを啜り、バゲットやムール貝から漂うフランスの香りを味わう。ゆるくて深い週末ベトナム。

チャールズ・M・シュルツ絵／谷川　俊太郎訳／ほしの　ゆうこ著
スヌーピー　こんな生き方探してみよう
なんとなく元気が出ない時を、スヌーピーたちが明るく変えてくれる。毎日がちょっとずつ素敵に変わる方法を教えてくれる一冊。

貴田　庄
原節子　あるがままに生きて
新聞・雑誌に本人が残した数少ない言葉と豊富なエピソード。気品とユーモアに溢れた「伝説の女優」の、ちょっと意外な素顔もあかす名エッセイ。

車谷　長吉
人生の救い
車谷長吉の人生相談
「破綻してはじめて人生が始まるのです」。身の上相談の投稿に著者は独特の回答を突きつける。凄絶苛烈、唯一無二の車谷文学（ワールド）！《解説・万城目学》

姜尚中
生と死についてわたしが思うこと
初めて語る長男の死の真実——。3・11から二年、わたしたちはどこへ向かうのか。いま、個人と国家の生き直しを問う。文庫オリジナル。

岸　惠子
私の人生　ア・ラ・カルト
人生を変えた文豪・川端康成との出会い、母親との確執、娘の独立、離婚後の淡い恋……。駆け抜けるように生きた波乱の半生を綴る、自伝エッセイ。

吉田 修一
平成猿蟹合戦図

歌舞伎町のバーテンダー浜本純平と、世界的チェロ奏者のマネージャー園夕子。別世界に生きる二人が「ひき逃げ事件」をきっかけに知り合って。

堂場 瞬一
暗転

通勤電車が脱線し八〇人以上の死者を出す大惨事が起きた。鉄道会社は何かを隠していると思った老警官とジャーナリストは真相に食らいつく。

堂場 瞬一
内通者

千葉県警捜査二課の結城孝道は、千葉県土木局と建設会社の汚職事件を追う。決定的な情報もつかみ逮捕直前までいくのだが、思わぬ罠が……。

伊坂 幸太郎
ガソリン生活

望月兄弟の前に現れた女優と強面の芸能記者⁉ 次々に謎が降りかかる、仲良し一家の冒険譚！ 愛すべき長編ミステリー。《解説・津村記久子》

小川 洋子
ことり
《芸術選奨文部科学大臣賞受賞作》

人間の言葉は話せないが小鳥のさえずりを理解する兄と、兄の言葉を唯一わかる弟。慎み深い兄弟の一生を描く、著者の会心作。《解説・小野正嗣》

森見 登美彦
聖なる怠け者の冒険
《京都本大賞受賞作》

宵山で賑やかな京都を舞台に、全く動かない主人公・小和田君の果てしなく長い冒険が始まる。著者による文庫版あとがき付き。

さだ　まさし
ラストレター
聴取率0％台。人気低迷に苦しむ深夜ラジオ番組を改革しようと、入社四年目の新米アナウンサーが名乗りを上げるのだが……。《解説・劇団ひとり》

久坂部　羊
悪医
再発したがん患者と万策尽きて余命宣告する医師。悪い医師とは何かを問う、第三回日本医療小説大賞受賞作。《解説・篠田節子》

大沢　在昌
鏡の顔
傑作ハードボイルド小説集
フォトライターの沢原が鏡越しに出会った男の正体とは？　表題作のほか、鮫島、佐久間公、ジョーカーが勢揃いの小説集！《解説・権田萬治》

小説トリッパー編集部編
20の短編小説
人気作家二〇人が「二〇」をテーマに短編を競作。現代小説の最前線にいる作家たちのエッセンスが一冊で味わえる、最強のアンソロジー。

西　加奈子
ふくわらい
不器用にしか生きられない編集者の鳴木戸定は、自分を包み込む愛すべき世界に気づいていく。第一回河合隼雄物語賞受賞作。《解説・上橋菜穂子》

山田　清機
東京タクシードライバー
一三人の運転手を見つめた、現代日本ノンフィクション。事実は小説よりせつなくて、少しだけあたたかい。第一三回新潮ドキュメント賞候補作。

落合 恵子
母に歌う子守唄
わたしの介護日誌

愛する人が認知症になった時、どう受け止め、どう護るか。医師やヘルパーさんとの接し方など、介護入門にもなるエッセイ集。《解説・内橋克人》

落合 恵子
積極的その日暮らし

母を失った日々を深く重ねながら、喜びも悲しみも憤りも積極的に引きうけてきた著者が綴る、優しい怒髪のひと時。《解説・長谷川義史》

落合 恵子
絵本処方箋

優しい気持ちになりたい時、寝苦しい夜、クスっと笑いたい時。さまざまな気持ちにそっと寄り添う心に効く絵本七三冊を紹介。《解説・小山内美江子》

中山 千夏
幸子さんと私
ある母娘の症例

母親に縛られ囚われてきた日々を振り返る。家族を再定義する視点と、母娘関係改善のためのヒントに満ちた画期的なエッセイ。《解説・信田さよ子》

鈴木 大介
最貧困シングルマザー

虐待、DV、うつの末、貧困の蟻地獄に堕ち、出会い系サイトで売春するシングルマザーの実態に迫った衝撃のルポルタージュ。《解説・室井佑月》

平川 克美
俺に似たひと

町工場の職人として生真面目に生きてきた父親。介護のために家へ戻った放蕩息子。男ふたりの日々が胸に響く介護文学。《解説・関川夏央》

決定版　母に歌う子守唄　介護、そして見送ったあとに●目次

本書は、二〇〇七年七月に刊行された朝日文庫『母に歌う子守唄　わたしの介護日誌』と、二〇一一年四月に刊行された朝日文庫『母に歌う子守唄　その後　わたしの介護日誌』からよりぬいたエッセイに、「東京新聞」で二〇〇七年九月十六日から二〇〇八年十二月二十八日まで連載された「わたしの介護日誌」を加えたものです。

決定版　母に歌う子守唄

介護、そして見送ったあとに

落合恵子

朝日文庫